Niederösterreich
neu entdeckt

Niederösterreich
neu entdeckt

Redaktion und Bildauswahl
Robert Dix

Verlag
Niederösterreichisches
Pressehaus

1. Auflage 1978
ISBN 3 85326 448 4
Bildnachweis: Titelbild: Schützenscheibe der Schützengilde Scheibbs
Schwarzweißfotos: Wolfgang Andraschek, Gabriela Brandenstein,
Friedrich Haftel, Karl Hörwarthner, Gunther Martin, Eva Nechuta,
Walter Reingruber, Alois Sedlacek, Otto Simoner, Bildarchive des
Denkmalamtes, der Österr. Nationalbibliothek, der NÖ Landes-
regierung und der Österr. Fremdenverkehrswerbung
Umschlag von Brigitte Schwaiger

Vorwort

An die Freunde der niederösterreichischen Wirtschaft!

Die Handelskammer Niederösterreich war stets bestrebt, sich über die unmittelbare Vertretung der Interessen ihrer Mitglieder hinaus um alle wichtigen Bereiche der gesellschaftlichen Entwicklung Niederösterreichs anzunehmen. Wirtschaft ist ohne Kultur, Kultur ohne Wirtschaft nicht denkbar. Die Verbindung zwischen beiden ist im modernen Wirtschaftsleben vielfältig und nicht immer so leicht erkennbar wie beim Kunsthandwerk. Eine ganze Reihe wichtiger Wirtschaftszweige, wie der Fremdenverkehr oder die Freizeitindustrie, wird vom kulturellen Leben unserer Gesellschaft stark beeinflußt.

Um dieser engen Verbindung zwischen Kultur und Wirtschaft gerecht zu werden und den Wirtschaftstreibenden über die unmittelbaren wirtschaftlichen Belange auch über das reiche künstlerische Erbe unseres Landes zu informieren, haben wir seit fast zwanzig Jahren unter dem Titel „Niederösterreich — neu entdeckt" auf den letzten Seiten unseres Mitteilungsblattes kurze Darstellungen aus Niederösterreichs Vergangenheit, Gegenwart und Zukunft, von Unternehmungen, Landschaften und Städten, von Persönlichkeiten aus Kultur, Wirtschaft und Technik veröffentlicht, von denen eine Auswahl in dem vorliegenden Band zusammengefaßt ist.

Dem Verlag Niederösterreichisches Pressehaus sind wir für die Herausgabe dieser Sammlung dankbar. Der Verlag hat damit einen wertvollen Beitrag zum Verständnis unseres Bundeslandes geleistet und allen Freunden Niederösterreichs einen aufschlußreichen Begleiter in die Hand gegeben.

Wien, im Frühjahr 1978

Kommerzialrat
Erwin Schauer
Präsident der
Handelskammer
Niederösterreich

Professor
Dr. Herbert Pachucki
Kammeramtsdirektor der
Handelskammer
Niederösterreich

Inhalt

Koloman schützte das Land

Der erste Landespatron Niederösterreichs

Seit 1663 ist der heilige Markgraf *Leopold* Schutzpatron unseres Bundeslandes. Das war das Ergebnis eines erbitterten „Konkurrenzkampfes" zwischen den Klöstern Klosterneuburg und Melk. Ursprünglich war nämlich der Melker Hausheilige *Koloman* Landespatron, und Melk versuchte mit allen Mitteln, seinen Heiligen in der Gunst des gläubigen Volkes zu festigen.

Bischof *Thietmar von Merseburg*, der 1018 starb, ist es, dem wir den ersten Bericht über Koloman verdanken. Am Ende des 7. Buches seiner Chronik berichtet er, daß im Grenzgebiet der Bayern und Mährer ein Pilger mit Namen Colomannus von der Bevölkerung für einen Spion gehalten, aufgegriffen, grausam gefoltert und hingerichtet worden sei. Bald stellten sich Wunder ein, frisches Blut floß aus einer dem Leichnam zugefügten Wunde, und der Baum, an dem man ihn erhängt hatte, begann zu blühen. So erwies sich Kolomans Unschuld, und sein Leichnam genoß so hohe Verehrung, daß der Markgraf dessen Überführung nach Melk anordnete.

Diese älteste Nachricht bringt bereits die wichtigsten Angaben über den Heiligen. Berichte in den „Melker Annalen" gingen in die Chroniken vieler österreichischer Klöster ein, und auch die in Melk entstandene und Abt Erchenfried zugeschriebene „Passio sancti Colomanni martyris" fand weite Verbreitung. Sind die älteren Texte noch mehr um die Feststellung der Wahrheit bemüht, so bringen die jüngeren Handschriften eine Vielzahl von Wundern, die sich um den Heiligen und sein grausames Ende im Jahre 1012 sowie sein Weiterwirken in Melk ranken. Stift Melk war aber auch die Stätte erster wissenschaftlicher Beschäftigung mit Koloman, hier entstand das bis heute fast unübertroffene Werk des Gottfried Deppisch — „Geschichte und Wunder-Wercke des Heiligen Colomanni . . .“, das 1743 in Wien erschien. So zeigt sich, daß seit alter Zeit Koloman viel Beachtung fand und seine Lebensgeschichte mit Fleiß und Umsicht, freilich oft auch mit recht viel Phantasie, erforscht und dargestellt wurde.

Koloman war ein frommer Pilger, der aus Schottland oder Irland kam und die Stätten des Leidens und Sterbens Christi aufsuchen wollte. Um sein Ansehen gegenüber dem heiligen Leopold, der doch Markgraf war, zu verstärken, haben spätere Zeiten ihm königliche Abkunft zugedacht, von der in den ersten Quellen jede Andeutung fehlt. Der Königssohn, wie ihn die Legende nennt, vertauschte also den fürstlichen Purpur mit dem schlichten Pilgerkleid und zog durch die Lande. In Stockerau jedoch wurde seiner Pilgerfahrt ein jähes Ende bereitet. Seine fremde Sprache, Kleidung und Sitte ließen ihn der Bevölkerung verdächtig erscheinen. Man hielt Koloman für einen Spion und nahm ihn gefangen. Aus Thietmars Chronikbericht wissen wir schon von grausamen Foltern und schließlich der Erhängung an einem Baum. Noch zu Anfang des vorigen Jahrhunderts zeigte man in Stockerau Kolomans Verließ.

Der unschuldige Koloman wurde zwischen zwei Mördern — die Parallele zu Christus ist auffallend — auf einem schon lange dürren Holunderbaum aufgehängt. Seine Unschuld brachte den Baum zum Erblühen. Ein Stück Fleisch, das man aus seiner Wade schnitt, bewirkte eine Krankenheilung. Auch blieb der Leichnam völlig unverwest, die wilden Tiere verschonten ihn, und Bart und Nägel wuchsen weiter. Die Stockerauer erkannten nun reuevoll ihren Irrtum und bereiteten Koloman ein würdiges Grab. Im folgenden Jahr, 1014, wurde die Gegend um Stockerau von einem verheerenden Hochwasser heimgesucht, nur Kolomans Grab blieb völlig unversehrt.

In Markgraf *Heinrich*, der von all diesen Wundern gehört hatte, erwuchs der Wunsch, den Leichnam des frommen und von Gott in solcher Weise ausgezeichneten Pilgers in seiner Residenz Melk zu haben. Er sandte daher den Bischof Megingaud von Eichstätt nach Stockerau. Als sie das Grab öffneten, war Kolomans Leichnam unversehrt, als ob man ihn erst am Vortag bestattet hätte. Aber nicht nur das, der Leichnam strömte zum Erstaunen aller Anwesenden einen überaus wohlriechenden Duft aus. Zahlreiche fromme Verehrer Kolomans, nicht wenige vornehme Adelige und Priester, vielleicht auch der Markgraf selbst, begleiteten nun, vom Bischof geführt, den Sarg auf seinem Weg nach Melk.

Unweit von Eisgarn (Waldviertel) steht der Kolomanistein, bei dem der Heilige auf seiner Pilgerfahrt gerastet haben soll

Auch auf dem Weg ereigneten sich allerlei Wunder. Wie Deppisch berichtet, wurde der Sarg „mit großem Gepränge" zur Mittagsstunde des 13. Oktober 1014 im Stift Melk bestattet, „an welchem Tage daher das Fest des heiligen Blutzeugen Coloman gefeiert wird". Groß ist die Anzahl der Krankenheilungen, die sich am Grabe Kolomans ereigneten, aber auch mancher Frevler wurde durch den Heiligen auf den rechten Weg geführt. So erfahren wir von einem Huzo, der die Opfergaben der Wallfahrer raubte. Er bekam plötzlich einen Hundekopf und bellte, erst am Grabe des Heiligen wurde er rückverwandelt und diente fortan dem Kloster.

So ist es nicht verwunderlich, daß, zumindest der Legende nach, den ungarischen König nach den wundertätigen Gebeinen Kolomans gelüstete. Er ließ sie heimlich aus Melk entführen, und erst nachdem große Plagen Ungarn heimgesucht hatten, war er bereit, sie wieder an ihren rechtmäßigen Platz zurückzustellen. Tatsache ist jedenfalls, daß Koloman auch in Ungarn verehrt wurde und sogar Könige seinen Namen trugen. Aber nicht nur als Taufname wurde er verwendet, die ungarische Form Kálmán, man denke etwa an den bekannten Operettenkomponisten, war auch als Familienname in Gebrauch.

Melk war und blieb der vorzüglichste Ort der Kolomaniverehrung. 1170 errichtete Abt Sighard, der Nachfolger Erchenfrieds, einen Kolomanialtar. 1297 brannte das Stift ab, unter Abt Johann I. wurde ein neuer Kolomanialtar geschaffen, ein Geschenk Herzog *Rudolfs des Stifters.* Kaiser *Maximilian,* der Koloman in seinen Stammbaum aufnahm, plante bereits eine Erneuerung der Grabstätte des Heiligen. Dazu kam es aber erst zwei Jahrhunderte später. 1735 wurde der noch jetzt bestehende Kolomanialtar — in die Heiligenfigur ist ein Teil jenes Baumes eingeschlossen, an dem Koloman hing — geweiht.

Die Zahl der Wallfahrtsgnadenstätten in Österreich und in Bayern ist beträchtlich. Vielfältig sind die Nöte und Anliegen, bei denen Koloman um Hilfe gebeten wird. Bemerkenswert sind auch die vielen Votivgaben, besonders die hölzernen Kolomansköpfe, die dankbare Wallfahrer widmeten. Hier sollen nur einige niederösterreichische Gnadenstätten Erwähnung finden: In Aggstein befand sich eine Georg und Koloman geweihte Burgkapelle. Koloman ist Kirchenpatron der Melker Stiftspfarren Rohrendorf und Weikendorf. Die Ebenthaler Pfarrkirche ist Koloman geweiht, und der Heilige soll auch bei Eichenbrunn gerastet haben. Auch Stockerau und Laab im Wienerwald waren Stätten seiner Verehrung. Zuletzt sei Eisgarn erwähnt. Der mächtige Kolomanistein kündet von dem Heiligen. Hier soll er Rast gefunden haben. Das Wasser in der Schale des Steines, durch seine Bitte entstanden, gilt seither als wunderkräftig, vor allem bei Fuß- und Augenleiden.

Heute ist es um Koloman stiller geworden. Aber er lebt dennoch weiter in der Erinnerung des gläubigen Volkes als wahrer Bekenner und Blutzeuge Christi.

Zu Ehren des heiligen Leopold

... gab es Goldpfennige und fröhliche Schmausereien

Markgraf *Leopold III.* von Babenberg, der „anno 1096 nach Absterben seines Herrn Vatters Leopoldi II. zur Regierung kam und mit seynem gantzen Hof-Staat von Mölk, der sonst üblichen Residenz, an der Donau herabkam und auf dem nahe bei Wienn gelegenen Monte Cetio oder Gallenberg Hof hielt", war, wie wir wissen, ein frommer Mann. Nicht nur, daß er 1106 an jener Stelle, auf der ein von einem Windstoß verwehter Schleier seiner schönen Gemahlin Agnes wieder aufgefunden wurde, eine kleine Kirche errichten ließ, aus der 1133 das Augustiner-Chorherrenstift Klosterneuburg entstanden ist, zählten zu seinen Klostergründungen auch die Abtei von Kleinmariazell und das Zisterzienserstift Heiligenkreuz.

Schon bald nach dem Tode des vom Volke verehrten und im Ansehen der Heiligkeit stehenden Landesfürsten (1136) pilgerten die Wiener scharenweise zu seinem Grab in der Stiftskirche von Klosterneuburg, und die Augustiner-Chorherren begannen, die unerklärlichen Erscheinungen und angeblichen Wunder gewissenhaft aufzuschreiben. Am Tage der Heiligen Drei Könige des Jahres 1485 wurde der Markgraf von Papst *Innozenz VIII.* kanonisiert, und 1506 fand über ausdrücklichen Wunsch Kaiser *Maximilians* in Klosterneuburg eine große Heiligsprechungsfeier statt. Erzbischof *Leonhard* von Salzburg nahm im Beisein von zwei Bischöfen, 27 Prälaten und über 100 Geistlichen die Zeremonien vor, in deren Verlauf die Gebeine Leopolds III. in einen silbernen Sarg gelegt und in feierlicher Prozession in die Stiftskrypta getragen wurden.

Von damals an bis zur Mitte des 18. Jahrhunderts hielt sich der Brauch, jedes Jahr am 15. November, dem Sterbe- und Gedenktag des Heiligen, eigens für diesen Zweck geprägte Denkmünzen, die sogenannten „Leopoldi-Pfennige", auszuteilen. Im Stiftsarchiv befindet sich eine Zusammenstellung aus dem Jahre 1686, aus der wir erfahren, wer aller mit den begehrten Münzen beteilt wurde: Die Herrscherfamilie, der Hofstaat und der Landadel, die Gäste des Stifts und alle Angestellten der „Ober- und Rentkammer", des „Kuchlambts", des „Kellerambts", des „Pfistererambts" und alle sonstigen „Stiftsleutln", als da verzeichnet sind der Herr Maurermeister, der Herr Zimmermeister, der Herr Apotheker, Krankenwärter, Einheizer und Bediente, der Herr Hausmeister in Wien und dessen Frau, der Kuchlmeister und der Hausknecht usw. Die Verteilung der Leopoldi-Pfennige geschah nach einem streng geregelten Zeremoniell mit den Worten „Zu Ehren des heiligen Leopold" durch den „Oberkellerer", der die Münzen zuvor gesegnet hatte.

Bis zur Regierungszeit *Josefs II.* (1780 bis 1790) war es auch üblich, daß sich alljährlich einige Tage nach dem Fest Allerseelen der Prälat des Stiftes Klosterneuburg nach Wien in die Hofburg begab, um das Herrscherpaar und seine Familie zum Fest des heiligen Leopold einzuladen. Die Einladung wurde stets gnädig angenommen, und sogleich wurde auch mit den umfangreichen Reisevorbereitungen begonnen. Die Hoftapezierer wurden mit einigen Lastwagen in Marsch gesetzt, damit sie in der Stiftskirche das Hoforatorium mit rotem Damast schmücken konnten, und das kaiserliche „Kontrolloramt" übersandte an den Stiftsküchenmeister eine für die Leopoldi-Hoftafel notwendige „Specificierung der Viktualien, Geflügel, Federwildpret und Fleisch".

Eine solche „Specificierung" aus dem Jahre 1730 ist im Stiftsarchiv erhalten und zeigt uns, daß man damals bei Hof recht gut bei Appetit war. Was allein für das Nachtmahl am 14. November benötigt wurde, sei hier in derselben Rechtschreibung und Wortform aufgezählt:

52 alte Hennen, 18 vaiste Indian, 20 mittlere Indian, 263 Hendl, 20 Fashannen, 58 Röbhünner, 11 Haaslhünner, 24 Waldschnepfen, 8 Moosschnepfen, 22 alte Hasen, 1 jungs haasl, 3 pändl kleine Vögerl, 3 Rech-Rickhl, 50 ordinari Austern, 1½ Pfund frische Trüffeln, 3 Pfund Eingemachte Weixl, ¾ Pfund Hötschepötsch am Stingl, 1 Pfund dürr Raißling-Schwammer, 56 alte vaiste Kapaun, 20 Mittelvaist Kapaun, 89 Tauben, 6 Masthendl, 6 groß Hendl, 93 Junge Hendl, 56 Gans, 73 Andten, 19 große Wildandten, 6 kleine Wildandten, 29 Kramets Vögel, 4 pändl Lerchen, 3 Rech-Schlegln, 460 auslös Krebsen, 225 Müscherl, 2¼ Pfund dürre Maurauchen,

Prozession mit der Hauptreliquie des heiligen Leopold in Klosterneuburg

1 Pfund Eingemachtes Weinschärl, 2 Pfund dürr Gugumukhen, 6 Pfund Eingemachte Frücht, 160 Pfund Schmalz, 30 Pfund Frische Butter, 570 Frische Ayer, 25 Neugelegte Ayer, 50 Pfund gesalzene

Butter, 58 Maeß gueten Essig, 570 ordinari Ayer, 15 Pfund Reiß, 58 achtl Mundmehl, 18 achtl gerollte Gersten, 30 achtl Waizmehl, 50 Kochäpfel, 8 Pfund kleine Gersten, 33 achtl saure Rueben, 30 Khütten, 1 Pfund Habermull, 4 Maaß Ramb, 11 Maaß Milch.

Für Naschereien zwischen den Hauptmahlzeiten und zur Jause wurden bestellt:

6 Pfund Genueser Frucht, 4 Pfund Zwiebachen, 4 Pfund vom harten Zwybach, 6 Pfund Lebzeltl, 6 Pfund von fein Bachwerk, 6 Pfund Canditen, 5 Pfund Deutsch Candiertes, Zimmet Kranzl und Pacatis, und für die „Hofdamen, Kammerfrauen und Kammerdienerinnen, Hofpatern, Leib Medici, Musicanten und Oberofficiers" mußte zu Handen des Stiftszuckerbäckers geliefert werden, „was andere Jahr an Confecture beigeschafft worden war".

Das „gemaine Volk" kam am Leopoldi-Tag natürlich nicht zu kurz. Zu sehen, bewundern und staunen gab es viel, zu trinken nicht minder, abends gab es Spaß beim „Fasselrutschen", und die 200 kleinen Pfennige, die der „Oberkellerer" unter die im mittelalterlichen Kuchlhof versammelte Menge warf, waren auch nicht zu verachten.

Carnuntum war eine Kaiserstadt

Legionäre machten den Mithraskult heimisch

Carnuntum war nahezu Jahrhunderte hindurch die größte römische Stadt an der Donau. Die Geschichte dieser Stadt, die zu ihrer Blütezeit über 60.000 Einwohner gezählt haben dürfte, liest sich spannender als jeder Abenteuerroman. Im Jahre 6 n. Chr. stießen die Römer zur Donau vor und errichteten am Schnittpunkt der beiden vorhistorischen Handelswege, des Donauweges und der sogenannten Bernsteinstraße, die von der Ostsee die March entlang nach Süden führte, ein Militärlager, das sie Carnuntum nannten. Der Name ist kelto-illyrischen Ursprungs und deutet auf die am Braunsberg bei Hainburg gelegene vorrömische Siedlung. Carnuntum lag etwa 40 Kilometer östlich von Wien auf dem heutigen Gemeindegebiet von Petronell-Carnuntum bis zur Ortsgrenze von Bad Deutsch Altenburg. Es war die Legio XV *Apollinaris* (dem Apollo geweiht), die im Jahre 15 n. Chr. von Emona (Laibach) nach Carnuntum verlegt wurde und dort bis zum Jahre 62 als Hausregiment blieb. In diesem Jahr wurde die Legio XV in den Orient abgezogen und kämpfte in Syrien und Palästina; sie nahm auch an der Eroberung Jerusalems und an der Zerstörung des jüdischen Tempels im Jahre 70 teil. Ein Jahr darauf kehrte die Legion wieder nach Carnuntum zurück. Aus der folgenden Zeit stammen wohl auch die vielen in Carnuntum aufgefundenen Grabsteine mit syrischen Namen. Man hatte offenbar die Menschenverluste der Legion in Syrien mit einheimischen jungen Leuten wieder aufgefüllt.

Aber die XV. Legion hat noch etwas anderes aus dem Osten mitgebracht: den Kult des persischen Lichtgottes *Mithras*. Man hat in Carnuntum bisher drei Kultstätten dieses Gottes, sogenannte Mithräen, ausgegraben. Eine besonders schöne Skulptur samt Altarstein ist gleich beim Eingang in das römische Museum „Carnuntinum“ in Bad Deutsch Altenburg aufgestellt. Alle Archäologen beneiden Österreich um diese so seltenen Altäre. Der Mithraskult weist interessante, dem Christentum verwandte Züge auf und übertraf in seinem sittlichen und ethischen Gehalt die anderen orientalischen Religionen. Mithras ist der Genius des Lichtes, der täglich die Finsternis, also das Böse, besiegt und so auch zum Kampf gegen die Lüge und Falschheit aufruft. Der Mithraskult kennt die Mysterien der Taufe, des heiligen Mahles, die Himmelfahrt, das Jüngste Gericht und die Auferstehung der Toten. Auf der im „Carnuntinum“ aufgestellten großen Skulptur tötet Mithras den Stier, dessen Blut die Schlange trinkt.

Im Jahre 105 wurde die Legio XV Apollinaris endgültig aus Carnuntum abgezogen und auf Befehl von Kaiser *Trajan* gegen den Dakerkönig *Decebalus* eingesetzt. Nach Carnuntum kam dafür die Legio XIV gemina Martia victrix. Trotzdem wurde Mithras weiter verehrt. Sein Kult war offenbar vorherrschend. Denn als unter dem Vorsitz von *Diocletian* im Jahre 307, also 280 Jahre später, in Carnuntum eine neue Organisation des Römischen Reiches geschaffen wurde, die eine reibungslose Nachfolge sichern sollte, wurde das Dankopfer nicht dem römischen Staatsgott Jupiter, sondern dem persischen Lichtgott Mithras dargebracht.

Noch einen zweiten orientalischen Kult brachten die römischen Legionäre aus dem Orient nach Carnuntum: den *Baal* von Doliche, einer Stadt in Nordsyrien. Die Römer nannten ihn Jupiter Dolichemus. Man findet ihn als bärtigen Mann mit phrygischer Mütze, mit Doppelaxt und Blitzbündeln in den Händen, auf Statuen und Reliefs dargestellt, wobei er meist auf einem Stier steht.

Im Jahre 172 kam Kaiser *Marc Aurel* nach Carnuntum, um persönlich den Feldzug gegen die germanischen Markomannen und Quaden zu führen, die Carnuntum überrannt hatten und durch das Burgenland, die Steiermark und Krain bis nach Aquileia vorgedrungen waren. Marc Aurel war ein Philosoph, ein Stoiker von edler Gesinnung. In Carnuntum schrieb er das 2. Buch seiner berühmten „Confessiones“ (Selbstbetrachtungen). Marc Aurel schlug die Germanen über die Donau zurück und errichtete auf dem Oberleiser Berg und in Stillfried an der March römische Stützpunkte, die freilich schon sein Sohn und Nachfolger *Commodus* (180 bis 192) wieder aufgeben mußte.

Dreimal wurden in Carnuntum Heerführer zu Kaisern ausgerufen, so im Jahre 193 der Afrikaner *L. Septimius Severus*, der den Legionären die Konzession machte, daß ihre Frauen und Konku-

Mithras-Kultstätte im römischen Museum „Carnuntinum“ in Bad Deutsch Altenburg. Der persische Lichtgott tötet den Stier

binen im Lagerdorf wohnen durften. Carnuntum war inzwischen so groß geworden, daß es zwei Amphitheater besaß, ein militärisches und ein ziviles, die zusammen rund 20.000 Zuschauer fassen konnten. Im Jahre 261 wurde *C. Publius Regalianus* von seinen Truppen in Carnuntum zum Kaiser ausgerufen. Seine Herrschaft währte allerdings nur kurz. Nach ein paar Monaten wurde er von den Soldaten erschlagen.

Kaiser *Valentinianus* (364 bis 375) rückte über die Donau vor und errichtete neuerlich die schon vor zwei Jahrhunderten aufgegebenen Stützpunkte auf dem Oberleiser Berg bei Ernstbrunn und in Stillfried. Als sich der Quadenkönig *Gabinius* darüber beim römischen Statthalter *Marcellianus* beklagte, ließ ihn der Statthalter trotz zugesicherten freien Geleites kurzerhand töten. Dies führte zu einem neuen Einfall der Quaden ins römische Gebiet. Noch einmal gelang es Valentinianus im Jahre 375, die alten Machtverhältnisse an der Donau wieder herzustellen.

Im Jahre 395 aber schlug die Schicksalsstunde Carnuntums. Markomannen und Quaden, aber auch Goten und Alanen brachen in das Wiener Becken ein und drangen bis zur Adria vor. In einer zerstörten Bäckerei des Lagers Carnuntum hat man einige Laibe ungebackenen Brotes gefunden. Dies läßt auf eine plötzliche Flucht oder auf Gefangennahme der Bevölkerung und der Legionäre schließen.

Die Leiterin der Grabungen, Dr. Herma *Stiglitz* vom Österreichischen Archäologischen Institut, will das Rätsel um die Palastruine lösen. Es ist noch nicht eindeutig erwiesen, ob es sich tatsächlich um einen Palast oder um eine Thermalanlage handelt. Man kann also bei einigem Optimismus mit neuen interessanten Grabungserfolgen rechnen.

Wo einst die Nibelungen zogen...

Viele Zeugen künden von dem großen Zug

Das Nibelungenlied zählt zu den ältesten und schönsten Heldendichtungen des deutschen Sprachraums. Wie so vielen Sagen liegt auch dem Nibelungenlied ein historischer Kern zugrunde. Im Jahre 406 zog der ursprünglich in Skandinavien beheimatete Stamm der Burgunder südwärts bis nach Worms am Rhein und später in das Tal der Rhône (Burgund) bis nach Lyon und Vienne. Sagenhaft ist allerdings der Heerzug des Burgunderkönigs Gunther mit Kriemhild und Hagen an den Hof des Königs Etzel (Attila) in Ungarn. Historisch belegt erscheint die vernichtende Niederlage des Burgunderkönigs Gundahari durch die Hunnen im Jahre 437.

Das Nibelungenlied dürfte um das Jahr 1190 verfaßt worden sein. Man hat drei Fassungen gefunden, die jüngste stammt aus dem Jahre 1220. Ihr Autor dürfte ein Österreicher gewesen sein, weil er ausgezeichnete Ortskenntnisse über den österreichischen Abschnitt des Nibelungenzuges, das 21. und 22. Abenteuer, besitzt. Diese Angaben sind so genau, daß man heute noch den Spuren der Nibelungen durch Oberösterreich und Niederösterreich bis Hainburg folgen kann.

Die Nibelungen benützten die alten Römerstraßen entlang des Limes, des römischen Schutzwalls gegen die Germanen. Von Worms zogen die Nibelungen über Würzburg, Weißenburg und Plattling nach Passau. Ihr Begleiter und „Reiseleiter" war Markgraf Rüdeger von Bechelaren. Man hat ihn spöttisch den ersten österreichischen „Gschaftlhuber" genannt, einen geschickten Diplomaten und „Hansdampf in allen Gassen". Er verstand es jedenfalls, sich zwischen zwei Machtblöcken, den Bayern und den

Hunnen, eine verhältnismäßig unabhängige Stellung zu sichern. Dem König Etzel war der Markgraf tributpflichtig, also dessen Vasall. Sein Sitz war Bechelaren, das heutige Pöchlarn, das weit genug vom Hofe des Hunnenkönigs in Ungarn entfernt lag. Sein Lehen war also eine Art neutrale Pufferzone zwischen Ost und West, ein Schicksal, das Österreich auf Grund seiner geographischen Lage immer wieder zufällt.

In Passau wurde Kriemhild von ihrem Oheim, Bischof Pilgerin, gastfreundlich aufgenommen. Die Nibelungen wurden eingeladen, länger zu bleiben, doch Markgraf Rüdeger erklärte — ins Hochdeutsche übersetzt —: „Nicht geschehen das kann. Wir müssen niederreiten nach dem Hunnenland!"

Von Passau ritten die Nibelungen einen Tag lang nach Everdingen, dem heutigen Eferding. Wo heute das Starhemberger-Schloß steht, erhob sich einst die alte Burg. Eine Umwallung östlich des Schlosses und nördlich der Kirche ist noch zu erkennen. Linz wird im Nibelungenlied nicht genannt. Die Nibelungen übersetzten die Traun und die Enns und übernachteten auf einem „Feld" nahe bei Enns. Es dürfte sich dabei um das niederösterreichische Rems handeln, wo heute noch auf dem Feld eine alte Kapelle steht. Die Nibelungen bezogen „Hütten und Gezelt", das Rüdeger „mit Sorgfalt" vorbereitet hatte.

Am nächsten Tag erreichten die Nibelungen Bechelaren. Schon die Römer hatten hier eine befestigte Siedlung mit zwei Kastellen, die den Namen Arelape führte. Vielleicht läßt sich der Name des Flusses Erlauf von Arelape ableiten. In Pöchlarn wurde die Verlobung der Tochter Rüdegers mit Giselher, dem Bruder Kriemhilds, gefeiert.

Den nächsten Aufenthalt gab es in Medelik, dem heutigen Melk:

„Aus Medelik auf Händen brachte man getragen
Manch schönes Goldgefäß, angefüllt mit Wein,
Den Gästen auf der Straße und hieß sie willkommen sein,
Ein Wirt war da gesessen, Astold genannt,
Der wies ihnen die Straße ins Österland."

Man nähert sich der Wachau, Wein wird kredenzt und ein Wirt um den weiteren Weg gefragt. Der hat ihnen sicherlich die Straße am rechten Donauufer gezeigt, denn der nächste im Nibelungenlied genannte Ort ist Mutaren, das heutige Mautern an der Donau. Hier schied auch „minniglich" der Passauer Bischof von seiner Nichte Kriemhild und riet ihr „eifrig", König Etzel zum Christentum zu bekehren.

Anscheinend ritten die Nibelungen von Mautern entlang der Donau auf der heutigen Bundesstraße 226 über Angern und Hol-

Der Torturm in Traismauer kündet vom Aufenthalt der Nibelungen

lenburg an die Traisen, wo „der König von Hunnenland eine reiche Feste“ hat. Hier verwechselt der Dichter des Nibelungenliedes die Namen. Er nennt Traismauer, das gemeint ist, Zeizenmure, also Zeiselmauer, wohin die Nibelungen später auch noch kamen. Kriemhild blieb vier Tage in Traismauer. Offenbar war man mit der Vorbereitung der Empfangsfeierlichkeiten in Tulln noch nicht fertig.

In Traismauer sind die alten Stadtmauern und Stadttore erhalten geblieben. Kriemhild wohnte im Schloß des Erzbischofs von Salzburg. In der Römerzeit war in Traismauer eine thrakische Reiterschwadron in Garnison.

Über Gemeinlebarn und das alte Römerkastell Protorto vor Zwentendorf an der Donau (Bundesstraße 226) zogen die Nibelungen nach Tulln (Tulne), wo die erste Begegnung mit dem Hunnenkönig stattfand. Etzel erschien mit 24 Fürsten und deren Gefolge, darunter Griechen, Polen und Wallachen, „wilde Petschenegen“ und Leute „aus dem Land zu Kiew“. Tulln war zu klein für diesen Auftrieb. Der Empfang und die folgenden Waffenspiele fanden wieder auf dem „Felde“ statt.

Über Langenlebarn, Zeiselmauer, Greifenstein und Klosterneuburg ritt das ganze Gefolge gegen Wien: „Da funden si gezieret — vil maniger vrouwen lip" (da war gar wohl gezieret so mancher Frauen Leib). „Alle di da waren — die truogen iteniuwe kleit" (alle, die da waren, trugen nagelneu Gewand) und „so manigen richen Mantel — tief unde wit" (so manchen reichen Mantel, lang und weit) — man sparte also nicht mit dem Stoff.

Zeiselmauer, wo die Nibelungen gewiß eine Rast einschalteten, wird Ende des 10. Jahrhunderts als Zeizenmure bezeichnet, war jedoch schon in der Römerzeit besiedelt. Der mittelalterliche Körnerkasten mit seinem riesigen Walmdach ruht auf römischen Grundmauern. Nordwestlich davon stehen in der Römergasse noch beachtliche, bis 8 Meter hoch aufragende Reste der Römermauer aus Gußsteinmauerwerk. Auch der Grundriß des Legionslagers ist noch abzulesen. Im Jahre 1091 starb hier der heilige Bischof Altmann von Passau, der Gründer des Stiftes Göttweig.

Die Hochzeit in Wien hat in der Burg der Babenberger stattgefunden, die sich auf dem heutigen Platz „Am Hof" erhob, wo das Hauptgebäude der Österreichischen Länderbank steht. Die Feierlichkeiten währten 17 Tage. Die Stadt konnte gar nicht alle Gäste beherbergen. Es war eine Prunkhochzeit. Man vermutet, daß sich der Dichter des Nibelungenliedes bei der anschaulichen Schilderung der Hochzeit Etzels mit Kriemhild die prunkvolle Hochzeit des Babenbergerherzogs Leopold VI. mit der byzantinischen Prinzessin Theodora zum Vorbild genommen hat. Der Passauer Bischof Wolfger hatte im Jahre 1203 an dieser Hochzeit teilgenommen, die ebenfalls 17 Tage währte. Auf der Rückreise von Wien nach Passau erhielt übrigens der Minnesänger Walther von der Vogelweide auf dessen Bitte zum Fest des heiligen Martin, des Mantelteilers, in Zeiselmauer das Geld für einen Pelz. Die Abrechnung hierüber ist erhalten geblieben, in der es heißt: „Am folgenden Tag in Zeiselmauer Walther dem Sänger von der Vogelweide für einen Pelz 5 lange Schilling."

Am 18. Morgen verließ der Hochzeitszug den „wünneclichen hof zu Wiene". Kriemhild und Etzel übernachteten in der Burg von Heimburg, um am nächsten Tag weiter nach Misenburc, dem heutigen Wieselburg (ungarisch: Mosonmagyarovar) in Westungarn, zu ziehen, wo sie die Reise zu Schiff fortsetzten.

„In Wieselburg, der reichen, zu Schiff ging man dann.
als ob es Erde wäre, was man da fließen sah."

Bildhauer im Champagnerkeller

Anton-Hanak-Freilichtmuseum in Langenzersdorf

Am Südhang des Bisamberges, eines der Wiener Hausberge, der allerdings am linken Donauufer liegt und deshalb von den Wienern erst langsam „entdeckt“ wird, wurde in der Marktgemeinde Langenzersdorf ein Hanak-Museum errichtet.

In einem anschließenden Garten, umgeben von Obstbäumen und Weingärten, mit wunderschönem Rundblick über Wien zum Leopoldsberg und Kahlenberg, ins Weidlingtal, zum Stift Klosterneuburg und dem Bisamberg selbst, sind nun die Stein- und Marmorplastiken des großen Bildhauers in einer für Österreich neuartigen Weise aufgestellt; neuartig auch deshalb, weil dieses Museum die Öffentlichkeit mit einem Bildhauer bekanntmachen will, einer starken Künstlerpersönlichkeit und einem Zeitgenossen Auguste *Rodins*.

Über 35 Jahre war der Hanak-Nachlaß nach dem Tode des Künstlers in seinem ehemaligen Wiener Prateratelier in erschrekkendem Zustand dem Verfall preisgegeben, bis er endlich dem „Dornröschenschlaf“ entrissen werden konnte und einen würdigen Platz gefunden hat.

In Langenzersdorf lebte Anton *Hanak* 23 Jahre (1901 bis 1923), verheiratet mit einer Langenzersdorferin, zuerst „An den Mühlen“, später in der Kellergasse, in unmittelbarer Nähe des jetzigen Museums. Er suchte neben der Arbeit vor allem Ruhe und Entspannung, er wollte der Natur nahe sein und „auf dem Lande leben“. Hanak hatte in Langenzersdorf kein eigenes Atelier, doch entstanden hier viele seiner Zeichnungen, Skizzen und Entwürfe, hier holte er sich die Kraft für seine Werke an der Donau, an den

Berghängen — frei vom Trubel der Großstadt. Hier fand er auch Verbindung mit der Familie *Butschek*, deren Tochter mit dem Olmützer Industriellen Otto *Primavesi* verheiratet war. Die Primavesis waren sehr kunstsinnig (Wiener Werkstätte) und haben den jungen Künstler bis zum Zusammenbruch der Monarchie großzügig unterstützt.

Anton Hanak, 1875 in Brünn als Sohn eines Zimmermalers und Vergolders geboren, erlernte in Wien das Holzbildhauerhandwerk, er studierte von 1898 bis 1904 an der Akademie der bildenden Künste, ab 1905 war er freischaffender Bildhauer. 1913 erfolgte die Berufung als Professor an die damalige Wiener Kunstgewerbeschule (heutige Akademie für angewandte Kunst) und 1932 als Professor an die Akademie der bildenden Künste. Am 7. Jänner 1934 erlag Hanak einem Herzschlag in seinem Heim im Schloß Hetzendorf, wo er seit dem Herbst 1923 wohnte.

Hanaks Schaffensperiode umfaßt das erste Drittel dieses Jahrhunderts. Seine Werke führen von der sezessionistischen über eine expressionistische Periode zu kubistischen und abstrakten Formelementen; Hanak entzog sich nicht den Zeiteinflüssen, er bildete den Übergang zur modernen Kunst, die dann von seinen Schülern in allerdings verschiedenen Richtungen weitergeführt wurde (Josef *Thorak*, Fritz *Wotruba* u. a.). Er hatte trotz vieler Anfeindungen das Ziel vor Augen, schöpferisch zu sein und schöpferisch zu bleiben. Sein ganzes Leben hindurch hat er an der Darstellung der menschlichen Figur festgehalten, weil ihm, wie er auf einer Skizze vermerkt, „die Majestät des Menschen" über alles ging.

Nach seinem Tode war es lange ruhig um ihn; zwei große Ausstellungen (1949 in der Wiener Sezession und 1963 im Künstlerhaus) hielten die Erinnerung an Hanak wach. Die große Festwochenausstellung 1969 im Österreichischen Museum für angewandte Kunst leitete eine Hanak-Renaissance ein; im selben Jahr erschienen über ihn auch zwei Bücher.

Von seinen Hauptwerken sind besonders die Marmorplastik „Der Gigant" (1910), die Bronzeplastiken „Der letzte Mensch" (1917) und „Der brennende Mensch" (1922) sowie die „Pieta" (1925 bis 1930) zu nennen. Zahlreiche Arbeiten führte er für die Gemeinde Wien aus. 1933 begann er mit der Arbeit für zwei sechs Meter hohe männliche Figuren für das „Emnyt-Denkmal" in Ankara, während des Bronzegusses starb jedoch Hanak, die Vollendung und Aufstellung mußte von seinen Schülern Franz *Wirth* und Josef *Thorak* durchgeführt werden.

Hanak war durch seinen Aufenthalt in Langenzersdorf in weiten Kreisen der Bevölkerung bekannt und sehr beliebt. Es ist da-

Das Anton-Hanak-Museum in Langenzersdorf

her verständlich, daß der Museumsverein Langenzersdorf in dem 1960 eröffneten Heimatmuseum auf Hanak hinwies und in einer Ausstellung 1963/64 weiten Kreisen der Bevölkerung in das Schaffen Hanaks Einblick gab. Diese Ausstellung veranlaßte Prof. Dr. Feuchtmüller zu dem Vorschlag, die nachgelassenen Werke Hanaks ans Tageslicht zu holen und der Öffentlichkeit dauernd zugänglich zu machen. Es gelang auch, von der Marktgemeinde die Halle des ehemaligen „Champagnerkellers" samt dem anschließenden Gartengelände zu erhalten, und nach großen Schwierigkeiten konnte im Oktober 1968 mit den Umbauarbeiten der Halle begonnen werden. Den Nachlaß an Werken wollte der Sohn des Künstlers als Leihgabe dem Museumsverein überlassen. In fast 16 Monaten war es dann möglich, eine würdige Heimstätte zu schaffen.

Entgegen aller Schwarzmalerei konnte der optimistische Mut und unermüdliche Einsatz des Museumsvereins das Projekt verwirklichen und so auch eine Dankesschuld Österreichs abstatten.

Der plastische Nachlaß Hanaks wurde von der Niederösterreichischen Landesregierung angekauft, eine Großtat, die die Verstreuung dieser Werke abwendete und dazu beiträgt, daß die im Museum und im Plastiken-Garten ausgestellten Werke, Skizzen und Zeichnungen dieses großen Bildhauers der Vergessenheit entrissen werden.

Langenzersdorf und der Bisamberg haben aber auch noch manch anderes zu bieten; es ist ja prähistorischer und geschichtlicher Boden. Der Bisamberg war auch immer Stütz- und Verteidigungspunkt (die alten Schanzen am Berg erinnern noch daran). Manch kunst- und kulturgeschichtliche Stellen sind Zeugen davon, und wertvolle urgeschichtliche Funde, wie z. B. die „Venus von Langenzersdorf", die auf der Burleiten unweit des jetzigen Hanak-Museums ausgegraben wurde, konnten entdeckt werden. In den vom Museumsverein Langenzersdorf herausgegebenen Heimatbüchern „Rund um den Bisamberg" sind interessante Artikel darüber zu lesen.

Ein Ausflug auf den Bisamberg, wo übrigens noch zahlreiche unter Naturschutz stehende Pflanzen zu finden sind, ist immer lohnenswert, man findet nicht nur Ruhe und Erholung, auch kunstsinnige Besucher kommen auf ihre Rechnung.

Eine Maut für die Braut

Handelsbeziehungen zum slowakischen Nachbarn

Die March bildet in einer Länge von 70 Kilometern die Grenze zwischen Österreich und der Slowakei, die nach dem Zweiten Weltkrieg wieder ein Bestandteil der Tschechoslowakei wurde. Bis 1918 war das jenseitige Marchland ungarisches Gebiet. Die Grenze verläuft in der Mitte des Flusses. Im Jahre 1945 wurden alle Brücken gesprengt und jeglicher Überfuhrverkehr mit Zillen oder Plätten eingestellt. Wir stehen nun an einer hermetisch abgeschlossenen Grenze. Die slowakische Seite wurde still und menschenleer. Nur in längeren Zeitabständen reitet ein Grenzer seine Kontrollstrecke und blickt manchmal forschend durch seinen Feldstecher.

Durch diese drastischen Absperrmaßnahmen wurde ein jahrhundertealter, äußerst reger Verkehr und der sehr lebhafte, gutnachbarliche Grenzlandhandel schlagartig unterbunden. Damit gingen auch viele menschliche Beziehungen verloren. Slowakische Knechte und Mägde wurden vor der Grenzsperre gerne als landwirtschaftliche Hilfskräfte aufgenommen, und oft kamen Hochzeiten zwischen Österreichern und Slowaken zustande.

Mehrere Brücken (bei Schloßhof, Marchegg, Dürnkrut, Angern) und viele Überfuhren (bei Hohenau, Waltersdorf, Drösing, Jedenspeigen, Dürnkrut, Stillfried, Angern, Marchegg, Schloßhof) erleichterten den Handelsverkehr. Außerdem wurden viele seichte Stellen der March, die Furten, zum Personen- und Warenverkehr benützt, und bei zugefrorenem Wasser konnte man die starke Eisdecke sogar mit Fuhrwerken befahren. Da auch einige Grafengeschlechter diesseits und jenseits der March ihre Güter hatten, herrschte ein reger „Grenzverkehr".

Die Rechtsbestimmungen im Mittelalter erlaubten den Fleischhackern, Wirten, Bäckern und allen Händlern in den Orten entlang der March einen freizügigen Handel. So besagte das Liechtensteinische Urbar aus dem Jahre 1414: „Item ist ein frays ayger (freies Eigen) do, von wan der man chumpt (kommt), es sein fleischhaker, leitgeben (Wirte), pekhen (Bäcker), oler (Öler), oder was ein man handeln wil mit verchauffen oder chauffen, das mag er fraylich tun als ein gesessen man (wie ein Angesessener) und sol sich urchunden ein leitgeb mit einer chandel wein, de 4 den. (Denare) wert ist, ein pekh, ein fleischhaker, ein oler auch mit alvuil als 4 dn. wert ist.“ Daraus ersieht man, daß Fleischhacker, Bäcker und Wirte im 15. Jahrhundert auch Händler waren und auch als solche galten.

Eine Fülle von Waren kam damals über die March. In den Zollbestimmungen sind u. a. angeführt: Holz, Holzkohle, Leinwand, Kotzen, Flachs, Hanf, Armbrüste, Messer, Schwerter, Fässer, Holzschaffe, Getreide, Wein, Ziegen, Schafe, Schweine, Pferde, Kühe, Gänse, Hühner, Eier, Salz und Fleisch. Die Fleischbeschau an der Grenze war nicht streng. Es klingt wie ein makabrer Scherz, wenn die Einfuhrgenehmigung für krankheitsverdächtiges Schlachtvieh manchmal den Vermerk trug: „Für arme Leuth genießbar!“

Auch aus den verschiedenen Mautbestimmungen (Benützungsgebühr für die Fähre oder die Brücke) läßt sich die Vielfalt des Handels ermessen. Der alte Grundsatz: „Überschußgüter werden am besten in Mangelgebieten abgesetzt“, hatte damals schon seine Gültigkeit. So wurde im Jahre 1350 bestimmt, daß Wein aus Ungarn nur durch Marchegg nach Österreich gebracht werden dürfe und dafür pro Wagen 12 böhmische Groschen an die Stadt Marchegg geleistet werden müßten. Auch im Drösinger Weistum (mittelalterliche Rechtsbestimmungen) ist die Einfuhrgenehmigung für ungarischen Wein verankert.

Eine Furt bei Sierndorf an der March, welche auch im Winter bei zugefrorener March gerne mit Pferdewagen überquert wurde, ermöglichte unseren Bauern, Föhrenholz zu holen, welches sie zum Ziegelbrennen brauchten. Ebenso wurden „Zigeunernägel“ (geschmiedete große Nägel), Fleischhacken, Grünzeug, saure Gurken, Stiefel, Winterröcke, Pferde, Kühe und Heu herübergeholt. Wein, Mehl und Pfirsiche konnte man in der Slowakei verkaufen.

Auf den Brücken und Überfuhren herrschte immer reger Verkehr. Reisende, Bauernwagen mit Wein, Weinstecken, Erdäpfeln, Stroh und Töpferwaren, Viehhändler mit ihren Tieren, Rastelbinder, Gläserslowaken, Zigeuner, Knechte und Mägde bevölkerten

Der „Salmhof“, nach Graf Niklas Salm benannt, in Marchegg

diese Übergangsstellen. Recht lustig kommt es uns heute vor, wenn in einer Mautgebührenverordnung neben Hirschen, Rehen, Wildschweinen, Hasen, Ochsenhäuten noch extra angegeben ist „. . . wann ainer fürth ain Prauth (eine Braut) über die March, der ist Mauth schuldig Zweenund vieerzig Phening (Pfennig).“ Wie allerdings der Betreffende den bräutlichen Zustand seiner Begleiterin augenscheinlich deklarieren mußte, ist leider nicht vermerkt worden.

Über den regen Grenzhandel in Marchegg bis 1945 berichtet Emil Mück wie folgt: „Zahlreiche mit Obst (Zwetschken, Ribisel, Stachelbeeren, Kirschen) und Gemüse (Kraut, Gurken, Kohl, Bohnen) beladene Fuhrwerke kamen mit der Überfuhr aus den umliegenden Orten der Slowakei, um ihre Produkte auf die Märkte nach Wien zu bringen. In Marchegg wurde gewöhnlich Rast gehalten. Lange Wagenreihen standen bei den Gasthäusern. Für einige Kleinbauern war schon Marchegg das Ziel, wo sie ihre Gartenprodukte von Haus zu Haus anboten. Auch in entgegengesetzter Richtung war lebhafter Verkehr. Aus vielen Orten des Marchfeldes pilgerten Wallfahrer in den slowakischen Wallfahrtsort Maria Thal.“

Die alljährlich stattfindenden Märkte in Mistelbach, Poysdorf, Laa, Zistersdorf, Raggendorf und Marchegg auf österreichischer Seite und der Markt in Groß-Schützen jenseits der March wurden überaus zahlreich besucht. Jetzt noch erinnern sich unsere Ältesten sehr gerne an den Groß-Schützener Markt, wo sie bei einem „Zigeunerbratl“ (gebratene Spanferkel) und einem feuchtfröhlichen Umtrunk jedes gut abgeschlossene Geschäft feierten.

Abschließend soll noch eine lebhafte Schilderung so eines Marktbetriebes, die Anton *Schultes* gegeben hat, an die vergangenen Zeiten erinnern: „Aus dem buntbewegten Bild der slowakischen Händler sind gewisse Typen nicht wegzudenken; so der Weinsteckenhändler, der aus dem Bur, dem großen Föhrenwald, wo die Stecken aus Nadelholz hergestellt wurden, seine Ware holte und sie bei seinen Bestellern, den Weinviertler Bauern, oder auf den Jahrmärkten absetzte; der Gänsetreiber, der oft mit einer Schar von hundert und mehr Gänsen zur Stelle war und mit einem langen Hakenstecken geschickt die bezeichnete Gans aus der schnatternden Schar herausfing; der Schweinehändler (Sautreiber), der meist auch das Geschäft des Kastrierens besorgte. Die Händler riefen laut ihre Waren aus. Der Erdäpfelbauer rief: ‚Erteple kupte!‘ Der Gurkenbauer schrie: ‚Kafts Gurkn!‘

Diese engen Beziehungen gehören der Vergangenheit an, und die March, einst von zahlreichen Brücken überspannt, fließt nun als lebendige Grenze, völkertrennend, eilig talab der Donau zu.

Entdeckungsfahrt zur Wutzelburg

Im Marchfeld wurde Geschichte gemacht

Gibt es das überhaupt? Die Wutzelburg. Klingt ja wie aus einem Märchen. Wutzelburg wird ein kirchlicher Rundbau auf Bergeshöh' mit einer wunderbaren Aussicht auf die Kleinen Karpaten genannt, die zum Greifen nahe sind. Dort gab es einmal eine Burg, um die sich viele Sagen ranken. Der Name freilich wird dem Volksmund zugeschrieben, der den heute dort befindlichen Rundbau wegen seiner zylindrisch-byzantinischen Bauweise vom mundartlichen „wutzeln" (rundwälzen) eben Wutzelburg nannte.

Diesen schönen Aussichtspunkt erreicht man von Wien aus auf der Bundesstraße 8 über Deutsch Wagram, Gänserndorf und Angern an der March (40 Kilometer von Wien). Von Angern führt die Straße an der March entlang, die die Staatsgrenze zur Slowakei bildet, nach Mannersdorf an der March, auf dessen Wutzelberg die Rochuskapelle steht. Dieser interessante Bau mit Kegeldach wurde in den Jahren 1637 bis 1657 von dem General aus dem Dreißigjährigen Krieg, Rudolf von *Teuffenbach*, zur Erinnerung an die überstandene Pestgefahr erbaut und stellt eine Nachahmung des um 1600 erbauten Rundtempietti des heiligen Berges von Orta in Oberitalien dar.

Der Hügel, auf den man emporfahren kann, ist auf seiner Südseite mit Weinkellern übersät. Der Mannersdorfer ist ein kräftiger Wein, der schon mit seiner „Blume" an die slowakischen Weine erinnert. Die Landschaft ist geschichtsträchtig. Mit dem Aussterben der Babenberger (1246) setzten die Kämpfe um das österreichische Erbe ein. Der Przemyslide Ottokar von Böhmen heiratete die um 25 Jahre ältere Margarethe, die Schwester des letzten regierenden Babenbergers, Friedrich II., und beanspruchte das Babenberger-Erbe. So auch König Bela von Ungarn, der ebenfalls in seiner Verwandtschaft eine Babenbergerin hatte. König Ottokar akzeptierte im Frieden von Ofen (1254) den päpstlichen Vermittlungsvorschlag, der ihm das heutige Niederösterreich zusprach. Steiermark fiel an König Bela. Ottokar unterstützte einen Aufstand gegen Bela, worauf es am 12. Juli 1260 zu einer Schlacht bei Groißenbrunn kam, das 7 Kilometer südlich von Marchegg an der Bundesstraße 210 (Großenzersdorf — Orth an der Donau — Engelhartstetten) liegt. Ottokar siegte und gründete die Stadt Marchegg, die mit Mauern und Türmen bewehrt wurde (bis 1268). Er stiftete auch die Kirche, die der heiligen Margarethe geweiht wurde. Seine Gattin Margarethe starb verstoßen im Jahre 1267 in der Waldviertler Burg Krumau, doch hatte Ottokar schon vorher die Nichte des ungarischen Königs geheiratet.

Am 29. September 1273 wird der Habsburger Rudolf von den Kurfürsten zum deutschen König gewählt. Man hält ihn für einen schwachen, mittellosen Mann. Er erhebt Anspruch auf das Babenberger-Erbe. So kommt es am 26. August 1278 zur „größten Ritterschlacht aller Zeiten" bei Dürnkrut und Jedenspeigen (etwa 12 Kilometer nördlich von Mannersdorf an der March). Heere mit je 30.000 Mann standen sich gegenüber. Ottokars Heer zählte mehr gepanzerte Ritter, während der Habsburger Rudolf über eine größere leichte Reiterei verfügte. Rudolf befehligte die Reichstruppen und der Bischof von Basel einen Teil der österreichischen Streitkräfte. Die Schlachtrufe der Ritter Ottokars, zu denen auch Thüringer, Sachsen und Polen zählten, lauteten „Praha! Praha!" und „Budejovice! Praha!" Rudolfs Ritter riefen „Roma! Roma!" und „Christus! Christus!", weil der Papst Ottokar mit dem Bann belegt hatte.

Ottokar schlug sein festes Lager bei Jedenspeigen auf und Rudolf rund um Marchegg. Vor der Wehrkirche in Stillfried an der March zelebrierte der Bischof von Basel eine Feldmesse. Vom Stillfrieder Plateau stießen die Ritter nach Dürnkrut vor. Die Schlacht wogte hin und her. Rudolf geriet in Lebensgefahr, er stürzte in seiner schweren Rüstung in den Weidenbach und ertrank beinahe. Eine kleine, ausgeruhte Reserve von 60 schwergepanzerten Rittern, die gegen Mittag eingesetzt wurde, entschied dann die Schlacht. Von Ottokars Heer sollen 12.000 Mann gefallen sein. Ottokar selbst fand man tot und ausgeraubt auf dem Schlachtfeld. Seine letzte Ruhestätte fand er im Dom zu Prag auf dem Hradschin.

Das Marchfeld und das weite Tal der March waren schon in Urzeiten besiedelt. Stillfried besitzt ein Museum für Ur- und Früh-

Die „Wutzelburg“ heißt die Rochuskapelle bei Mannersdorf an der March

geschichte. Die vorgeschichtliche Bernsteinstraße führte von der Ostsee der March entlang südwärts. Das römische Carnuntum zwischen Petronell und Bad Deutsch Altenburg verdankt unter anderem seine Entstehung und Blüte dieser Straße.

Barock und Rokoko liebten die weite, freundliche, sonnige und fruchtbare Ebene des Marchfeldes. In der Zeit des Absolutismus baute man hier Schlösser, legte Alleen an, jagte und feierte prunkvolle Feste. Acht breite Alleen verbanden das Schloß Schloßhof mit dem Jagdschloß Niederweiden. Schloßhof, das von Lukas von Hildebrandt im Jahre 1725 umgebaut worden ist, war die bevorzugte Residenz des „Edlen Ritters" Prinz Eugen, der hier seinen Gästen glanzvolle Feste bot — Wasserkarusselle, Feuerwerke und große Treibjagden, aber auch Konzerte und Opernaufführungen. Carl Ditters von Dittersdorf war der Hauskomponist Prinz Eugens in dieser Zeit.

Schon bei der Einfahrt in das Marchfeld weist Großenzersdorf bei Wien interessante Merkwürdigkeiten auf. Es gehörte bis zum Jahre 1803 den Bischöfen von Freising in Bayern und besitzt heute noch seine sieben Meter hohe, mittelalterliche Stadtmauer. Die Stadttore wurden abgerissen, die Gräben zugeschüttet, doch kann man Großenzersdorf entlang der Stadtmauer umfahren. Der nahe Donau-Oder-Kanal, ein Projekt Hitlers, blieb ein Torso. Das Schloß Orth an der Donau, einst eine wuchtige Wasserburg, beherbergt heute ein Heimat-, ein Fischerei- und ein Bienenmuseum.

Der Donau entlang ziehen sich die üppigen, geradezu subtropischen Auwälder der Unteren Lobau, und ähnliches gilt auch für die urtümlichen Auen entlang der March, die dem Lande den Namen gegeben hat. Es ist ein Eldorado für schon selten gewordene Wasser- und Waldvögel wie den Fischreiher, den zierlichen Goldregenpfeifer, das grünfüßige Teichhuhn, die so exotisch wirkende Rohrdommel, den Wiedehopf und den Eisvogel. Auch der Edelhirsch, Reh, Fuchs, Marder und Fischotter sind in der Lobau anzutreffen. Bei Raasdorf kann man bei seltenem Glück den größten Vogel, die scheue Großtrappe, beobachten. Im Winter läßt sich manchmal eine Schar von Trappen auf ein Feld nieder. Die Trappe ist der größte flugfähige Vogel der Welt, der über ein Meter lang und bis zu 20 Kilogramm schwer wird. Mit ihren dreizehigen Füßen kann die Trappe schnell laufen, erhebt sich etwas schwerfällig, fliegt aber ausdauernd.

So zählt das Marchfeld zu einer der seltsamsten und interessantesten Landschaften nicht nur Österreichs, sondern auch Europas.

Sie nannten ihn den »Erdäpfelpfarrer«

Pfarrer J. E. Jungblut in Prinzendorf

In Prinzendorf an der Zaya, zwischen Mistelbach, Hohenau und Zistersdorf, gibt es den „Erdäpfelpfarrer“: Johann Eberhard *Jungblut* (1720 bis 1795) steht in einer Reihe mit Kaiser Josef II., dem Preußenkönig Friedrich, dem Dichterfürsten Johann Wolfgang von Goethe und Matthias Claudius. Sie alle und riesige moderne Nahrungsmittelindustrien, zum Beispiel das Gmünder Werk der Österreichischen Agrar-Industrie, Werke in Hollabrunn, Pulkau und Stammersdorf, sind sich einig im Lob der Erdäpfel (Kartoffeln).

Kaiser *Josef II.* befahl 1764 durch eine Kabinettsorder ihren Anbau, *Goethe* schrieb: „Morgens rund, mittags gestampft, abends in Scheiben, dabei soll's bleiben!“ Von Matthias *Claudius* stammt ein tatsächlich in die Liederbücher gelangtes Preisgedicht auf die schlichte Nachtschattenfrucht „Solamen tuberosum“:

„Recht viel Pastet und Leckerbrot
Verdirbt nur Blut und Magen.
Die Köche kochen lauter Not,
Sie kochen uns viel eher tot,
Ihr Herren laßt euch sagen:
Schön rötlich die Kartoffeln sind
Und weiß wie Alabaster,
Sie (ver)däun sich lieblich und geschwind
Und sind für Mann und Frau und Kind
Ein rechtes Magenpflaster.“

Zahllose Menschen leben von den Erdäpfeln, indem sie sie pflanzen, sie „veredeln“ in Richtung Schweinsbraten und Schnitzel oder sich eben schlicht davon ernähren. Es gehört zum modernen Aberglauben zu meinen, die Kartoffeln machen dick! Tatsächlich enthalten 100 Gramm gekochte Erdäpfel nur 96 Kalorien und praktisch kein Fett (0,2 Prozent). Dieselbe Menge Brot hat aber 260 Kalorien! Sie haben einen hohen Sättigungswert, sie vermitteln ein Gefühl des vollen Magens und verhindern, daß man sich überißt. In den Erdäpfeln konnten bisher über 200 für die Ernährung wichtige Stoffe, wie Aminosäuren, Eiweiß, die Vitamine A, C, D und Mineralstoffe, nachgewiesen werden! Wer in der russischen Kriegsgefangenschaft an Erdäpfel herankam, hatte echte Überlebenschancen!

Damit der Humor nicht fehle: Ein französischer Arzt, Doktor Laroche, studierte den Einfluß der Obst- und Gemüsesorten auf unser Gemütsleben. Hier sein Ratschlag: „Leute, eßt mehr Kartoffeln, und ihr werdet heiter und friedfertiger!“ Es vergeht heute bei uns kaum ein Tag, an dem nicht die Erdäpfel in irgendeiner Form auf den Tisch kämen. Ein Leben ohne dieses Nahrungsmittel könnten wir uns nicht vorstellen. Und doch war vor etwa 200 Jahren diese aus Amerika stammende Knollenfrucht im Weinviertel größtenteils unbekannt. Es standen ihrer Verbreitung die größten Hindernisse im Wege: Bei der damals herrschenden Dreifelderwirtschaft war zunächst für die Erdäpfel kein Platz, und die Gutsherren fürchteten, von der neuen Frucht keinen Zehent zu erhalten. Um so größer ist das Verdienst des damaligen Prinzendorfer Pfarrers J. E. *Jungblut,* der die ersten Erdäpfel im Weinviertel gepflanzt und für ihre Verbreitung gesorgt hat.

Pfarrer Jungblut, in der Pfarrchronik von Prinzendorf als „Holländer“ bezeichnet, stammte wahrscheinlich aus dem französisch sprechenden Teil Luxemburgs. Er brachte 1761 die ersten Knollen aus seiner Heimat und baute sie an. Nicht nur die Prinzendorfer Bauern, auch die von Maustrenk, Ebersdorf und Ginzersdorf — diese Orte gehörten damals zur Pfarre — kamen und belächelten die neumodische Frucht ihres Pfarrherrn. Jeder nahm sich aber doch ein paar Knollen mit nach Hause und legte sie in die Erde. Nach und nach ließen sich die Leute auch von der Nutzbarkeit dieser Frucht — wenigstens als Viehfutter — überzeugen und bauten größere Flächen an. In den Hungerjahren 1770 und 1771 lernten dann auch die Menschen Erdäpfel essen.

Ungefähr 40 Jahre nach Jungbluts Tod ließ Pfarrer Franz Xaver *Elsner* dem ersten Pflanzer der Erdäpfel im Prinzendorfer Friedhof ein schlichtes Denkmal setzen. Auf einer Gedenktafel an der Kirchenmauer lesen wir die Verse:

„Ihm, dem Pflanzer jener Knollen,
Die in großer Not sich so bewährt,
Will die Nachwelt ihren Dank hier zollen,

Wer hat den größten Erdapfel? Lustiger Wettbewerb beim „Erdäpfelkirtag“ (1. Septembersonntag) in Prinzendorf/Zaya

Wenn sie seine Ruhestätte ehrt.
Heb ab, Wanderer, dankbar deinen Hut:
Hier liegt Johann Eberhard Jungblut!“

So hat Pfarrer Elsner seinem Priesterkollegen ein würdiges Denkmal errichtet und ihn der Vergessenheit entrissen. Es wurde die Möglichkeit geschaffen, daß „nach 40 Jahren an dieser Grabstätte eine dankbare Träne geweint werden könne“. So lautet wörtlich die Eintragung im pfarrlichen Memorabilienbuch in der blumenreichen Sprache der Romantik.

Handel und Gewerbe beginnen, diese Kuriosität aufzugreifen. Warum auch nicht? — Jedes Jahr am ersten Sonntag im September gibt es einen „Prinzendorfer Erdäpfelkirtag“ mit Spezialitäten, Pommes frites, Chips, Erdäpfelbraten der Buben, landwirtschaftlichen Ausstellungen, Saatkartoffelschau und ähnlichem. Es gibt schon „Jungblutstuben“ und Weinetiketten „Prinzendorfer Jungblut“ für den reschen Brünnerstraßler, „Prinzendorfer Erdäpfelbrot“ u. a. Mit Förderung des Kulturreferates soll ein „Jungblutmuseum“ als Vorstufe eines Großvorhabens „Landwirtschaftliches Museum“ errichtet werden.

Aus der Chronik des Zisterzienserstiftes Seitenstetten geht hervor, daß man im dortigen Stiftsgarten schon im Jahre 1621 Erdäpfel gepflanzt hat. Abt Kaspar *Plautz* (1610 bis 1627) hat auch ein Kochbuch herausgegeben. Die Kartoffeln wurden damals „Papas“ genannt. Aus einem beigegebenen Kupferstich mit der Abbildung der „Papa“ geht eindeutig hervor, daß es sich dabei um Erdäpfel handelt. Es wird auch gleich folgendes Rezept empfohlen:

„Man koche die Papas in gewöhnlichem Wasser oder brate sie, in Papier eingewickelt, in Asche, bis sie weich werden, und ziehe ihnen die rote Haut ab, wasche dann das ganze, weiße Fleisch rein, zerstoße es und vermenge diese Masse mit Zucker und Rosenwasser sowie mit etwas Zimmetgewürz, gebe Butter dazu, backe das Ganze, und man erhält, wenn man es in Teig eingeschlagen hat, einen Kuchen oder ein Tafelgeschenk von königlichem Geschmack.“

Wer will sich diese Kuriosität ersten Ranges, 50 Kilometer von Wien entfernt, entgehen lassen? Das Gastgewerbe, die Heurigen und ein schönes, stilles und fruchtbares Land warten auf Besucher und Gäste. Ein kultureller Anziehungspunkt dürften ferner die 17 schönen Barockgrabsteine auf dem Prinzendorfer Kirchenberg sein. Nach langem Bemühen wurden die vergessenen Denkmäler restauriert und um die Kirche postiert.

Noch eine Merkwürdigkeit sei angeführt: Das Prinzendorfer „Eselwasser“. Ein erstklassiges, frisches Quellwasser, von dem es heißt, wer davon getrunken hat, geht nicht mehr fort oder kommt immer wieder zurück. So gibt es neben der Eselquelle einen Eselbach, Eselteiche und „Eselstadt“ mit Weinkellern und Siedlungshäusern, die immer zahlreicher werden. Ein toter Winkel des Weinviertels erwacht — dank des „Erdäpfelpfarrers“ von Prinzendorf.

Ein Meister der Sprache des Volkes

Der niederösterreichische Mundartdichter Joseph Misson

Der interessierte Autofahrer, der auf der Horner Bundesstraße dem Waldviertel zustrebt, bemerkt knapp hinter der Ziersdorfer Bahnunterführung auf einer linksseitigen Straßengabelung grüne Hinweistafeln „Misson-Haus Mühlbach am Manhartsberg". Folgt er dieser Wegrichtung, so sieht er bald hinter dem bekannten Weinort Hohenwarth die ausgedehnten Wälder des Manhartszuges vor sich ausgebreitet liegen, und aus dem grünen Talgrunde grüßen ihn drei schlanke Türme: der Kirchturm des Waldviertelranddorfes Mühlbach am Manhartsberg und links von diesem die zwei schlanken Türme des Schlosses Gudenus, das vor 80 Jahren, als sein Besitzer Graf Josef *Gudenus* Landmarschall des Erzherzogtums Österreich unter der Enns gewesen ist, oft hohen Besuch erhalten hat.

Bei der Gscheinzbachbrücke, wo noch eine alte Schmiede steht, biegen wir nach rechts in die Bundesstraße 35 ein, die durch viele Jahrhunderte auf den Spuren eines uralten Handelsweges nach Böhmen und Mähren Eisen- und Salzfuhrleute vom Donauhafen Stein-Krems her gegen Znaim und Iglau fahren sah. Wir fahren die schöne Dorfzeile entlang bachaufwärts, und schon ruht unser Blick auf einem idyllischen Biedermeierhäuschen mit einem altersgrauen Schindelwalmdach mit der Aufschrift „Joseph-Misson-Gedenkstätte". Hier wurde am 14. März 1803 der Mundartdichter Joseph *Misson* geboren.

Joseph Missons Vater war zur Zeit Kaiser Josefs II. mit dem Stammvater des Handelshauses *Verderber* aus Udine in Retz eingewandert. Weil er als Fremdling nicht gut deutsch sprach, nannten ihn die Leute um den Manhartsberg, unter denen er anfangs mit Seidentüchlein und Wetzsteinen handelte, den „welschen Sepp“. Er machte sich schließlich hier in dem Pfarrdorfe Mühlbach seßhaft und fand in dem Nachbardorf Zemling in der Hauerstochter Elisabeth *Trötthan,* die im Schloß Mühlbach bedienstet gewesen war, sein getreues Eheweib, das ihm acht Kinder gebar.

Das jüngste davon war Joseph, unser gefeierter Heimatdichter. Auch er besuchte die alte Mühlbacher Schule, in der 120 Kinder von nur einem Schulmeister in einem kleinen Schulzimmer unterrichtet wurden. Aber der brave Pfarrherr der uralten Göttweiger Pfarre Mühlbach nahm sich des kleinen Peperls an und bereitete ihn für den Eintritt ins nahe Kremser Piaristengymnasium vor, denn er sollte so wie sein älterer Bruder Johann, der in das Stift Göttweig eingetreten war, auch Geistlicher werden.

Der aufgeweckte Dorfkrämerbub aus Mühlbach im Straßertal hat das damals noch sechsklassige Kremser Gymnasium leicht hinter sich gebracht und nahm hierauf das Ordenskleid der PP. Piaristen, die seit dem Ende des Dreißigjährigen Krieges in Österreich Ordenshäuser besaßen, in Niederösterreich in Horn und in Krems, in Wien in der Josefstadt (Maria Treu) und auf der Wieden (St. Thekla).

Die lieblichen Waldviertelstädtchen Horn und Krems wurden dem jungen Ordensmann bald zur zweiten Heimat. Als Gymnasialprofessor für Deutsch und Geschichte wirkte Joseph Misson hier 25 Jahre. Durch das eifrige Studium der alten Sprachen wie Gotisch, Alt- und Mittelhochdeutsch wie auch durch die Konfrontierung mit der Gaunersprache im Steiner Strafgefangenenhaus, wo er als Gefangenenseelsorger wirkte, erwachte in dem gestrengen Grammatikprofessor allmählich eine große Vorliebe für die Sprache des einfachen Volkes, die ihm noch von seinem Mühlbacher Vaterhaus und auch von seinem Zemlinger Großvaterhaus her sehr geläufig gewesen ist.

Aber die Mundart seiner Zemlinger und Mühlbacher Heimat, die schon mehr dem niederösterreichischen Weinviertel zugezählt werden muß, war und ist heute noch eine ganz besondere Mundart, ein ganz besonderer Dialekt. Dort sagt man heute noch Muida, Bui, Kuih, schoißn und goißn, während man dafür im Wald-, Most- und Wienerwaldviertel Muada, Bua, Kuah, schiaßn und giaßn hört. Das ist die sogenannte „ui-Mundart“, eine mittelbayrische spezifische Mundart, die einst von allen Südmährern gesprochen worden ist und heute noch so kräftig und wohllautend im Burgenland bis zum Unterlauf der Lafnitz erklingt.

Und in dieser uralten und wohlklingenden Mundart — früher sagte man Dialekt — schrieb Joseph Misson sein unverwelkliches

Sgraffito (6×4 m) an der Außenwand der Missonschule in Mühlbach am Manhartsberg

Meisterwerk, mit dem er in die Literaturgeschichte eingegangen ist: „Da Naz, a niederösterreichischer Bauernbui, geht in d' Fremd." Dieses schlichte Büchlein ließ der arme Ordensmann auf eigene Kosten, die sich auf 700 Gulden beliefen, beim Verlag Carl Gerold und Sohn in Wien drucken und brachte es in „Krems, im Lenzmonat 1850" auf den damaligen Büchermarkt, auf dem sich die Kunstkritiker seiner Zeit voll des Lobes seiner annahmen.

Damals war Joseph Misson schon ein volkstümlich gewordener Mann. In den Märztagen des Sturmjahres 1848 hatten ihn seine Steiner Mitbürger zum Kaplan ihrer Nationalgarde gewählt. Aus jenen Tagen ist noch eine gehaltvolle Rede erhalten, die er im Ratssaal zu Stein „an die edlen Gardisten" gerichtet hat.

Im „Naz" schildert der Dichter das Schicksal eines niederösterreichischen Bauernburschen jener Zeit, der in der Fremde sein Glück suchen will. Es ist eine in sechsfüßigen Versen — Hexametern — abgefaßte Erzählung, vom Dichter in acht Kapitel unterteilt, die von Misson-Forschern später als „Gesänge" bezeichnet worden sind.

Diese Verserzählung ist in jener Volkssprache geschrieben, wie sie im niederösterreichischen Weinland und im nördlichen Waldviertel wie auch in ganz Südmähren und in Südböhmen um Neuhaus und Neubistritz zur Biedermeierzeit gesprochen worden ist. Sie ist in erster Linie für uns Niederösterreicher ein Sprachdenkmal, wohl aber auch ein volkskundliches Denkmal, weil es die Lebensart jener Zeit widerspiegelt.

Vom Übel der Schwerhörigkeit befallen, mußte der größte mundartliche Sänger Niederösterreichs vorzeitig seine Lehrtätigkeit aufgeben und sich als Bibliothekar ins Piaristenkloster St. Thekla auf der Wieden zurückziehen, wo er als Bibliothekar seinen Lebensabend verbrachte. Dort ist er still und bescheiden am Morgen des 28. Juni 1875 verschieden.

Im Mühlbacher Geburtshaus des Dichters wurde eine Gedenkstätte und ein kleines Museum errichtet.

Und weithin grüßt der Staatzer Berg

Kostbarkeiten rund um die Kalksteinklippe

Dort, wo im Land unter der Enns die Welt gar nicht so nieder ist, sind Berge eine Selbstverständlichkeit. Rax und Schneeberg, Ötscher und Schöpfl, der Nebelstein im Waldviertel, die Hügel der Buckligen Welt — sie alle sind vertraute, heimatliche Landschaft. Dort aber, wo es nach der Schreibweise alter Berichte „nicht weit ins Böhmische ist" und die Ebenen fruchtbarer Böden das Bild der Umwelt sind — ja, da ragt ganz unvermittelt ein Berg auf, den hier kein Mensch vermuten würde. Es ist der Staatzer Berg, erdgeschichtlich, naturgeschichtlich, historisch ein Unikum, das seinesgleichen suchen mag. Aus welcher Himmelsrichtung wir auch in das nach einer uralten Grenzstadt benannte Laaer Becken kommen: der Staatzer Berg und die seinen Gipfel krönende altehrwürdige Ruine sind der erste Gruß!

Die Wissenschaft bezeichnet ihn als „Kalksteinklippe" — das klingt nach Meer, nach Brandung! Beides hat es hier in fernster Zeit gegeben. Winzige Korallen, versteinerte Reste von Seeigeln, Widderhornmuscheln und andere Lebewesen vor Millionen Jahren können es bestätigen: der Staatzer Berg mit seinen 331 Metern ist eine der Klippen, die ebenso wie die Leiser Berge und die Pollauer Berge einst umspült waren von dem weiten Meer, das diese Teile Niederösterreichs einmal bedeckt hat.

Das ist ein rechter Luginsland! Die alte Wehrmauer entlang führt von dem Ort Staatz aus ein bequemer Zugang auf diesen Burgberg. Ein überwältigender Blick tut sich auf in das Land. Als ferne Kulissen der Hutsaulberg bei Altlichtenwarth, dort drüben die Kleinen Karpaten! Der Buschberg grüßt als höchste Erhebung des Weinviertels, und dort bei Mailberg steigt der Buchberg auf.

Die kundigen Freunde, die uns zu diesem Ausflug geladen haben, weisen auf Kostbarkeiten hin, wie etwa die altehrwürdige Kirche von Fallbach. Ein wenig weiter Steinbrunn mit seinem schlichten Landschlössel. Dort ist der Pulkauboden, die Silhouette von Laa grüßt herüber, der Blick geht weiter über die schweigsam gewordene Grenze ins südmährische Land. Im Osten lugt der Poysdorfer Kirchturm hervor, und die Ortschaften Ameis und Enzersdorf führen schließlich zu diesem großartigen Panoramaberg zurück.

Im Frühling hat im Schulwald und im Schloßpark da unten der Kuckuck gerufen, und vor wenigen Wochen noch sind die Schwalben um Mauer und Fels gesegelt. Kennern der Geheimnisse des Vogelzuges ist bekannt, daß der steil aus der weiten Ebene steigende Berg mit seinem alten Burggemäuer aber auch gernbesuchter Rastplatz der reisenden Störche und Graugänse ist. Der Botaniker wiederum weiß um die Geheimnisse der „Platzerln“, wo im Sommer der Mauerpfeffer auf vermeintlich bloßem Fels seine gelben Sterne strahlen läßt und Raritäten, wie der ganz selten gewordene Perückenstrauch, noch blühen ...

Wie alt ist wohl dieser so behäbig da unten liegende Markt Staatz? Im Salzburger Urkundenbuch wurde seine erste Nennung aus dem Jahre 1072 gefunden: „Stöz.“ Aus dem 12. Jahrhundert ist die Schreibweise „Stoyce“ überliefert, was soviel wie „Standlager“ bedeutete. Hier ansässig gewesene Ritter erscheinen als Herren von Staatz und Dienstadelige der Herzöge und Kaiser in vielen Urkunden als Zeugen genannt. Der einstige Pranger als Zeichen der Halsgerichtsbarkeit, die Kaiser *Rudolf I.* den Staatzern zuerkannt hat, steht heute noch mitten im Markt. Ein Grabstein aus rotem Marmor an der Außenwand der neuen Kirche berichtet von dem hier ruhenden Grundherrn Niklas *Trugseß*, der im Jahr 1442 die Festung Staatz tapfer gegen mährische Raubritter verteidigt hat. Spätere Besitzer waren dann die Familie der Freiherren von Breuner, von denen einer auch die Burg besonders ausgebaut hat. Andere Adelsgeschlechter, wie die Colloredo-Mannsfeld und Collalto, sind auch Schloßherren auf Staatz gewesen. Bis aus der ganzen Burg- und Landsitzherrlichkeit der Schreckenstag des 22. April 1945 die restlose Vernichtung gebracht hat ...

Wir sind recht nachdenklich durch diesen jahrhundertealten Markt an der Grenze geschlendert, der immer wieder durch Heereszüge und arge Kriegsnöte schwer heimgesucht worden ist. Aber die Menschen hier in Staatz haben nie aufgegeben! Es gab

Auf der Korallenklippe eines vorsintflutlichen Meeres steht die Burgruine Staatz

immer wieder neue Blütezeiten, wie etwa im 15. Jahrhundert, als Staatz ein echtes Handelszentrum war.

In den Aufzeichnungen und Chroniken zu Staatz zu blättern kann wie ein großes Bilderbuch mit vielen interessanten Details auch aus Österreichs jüngster Geschichte erzählen. Da war um 1900 der spätere Bundeskanzler Dr. *Seipel* als junger Kooperator in seinem ersten geistlichen Amt in Staatz tätig. Er hat wesentlich zum Werden der neuen, heutigen Staatzer Pfarrkirche beigetragen. Eingeweiht hat diese im Jahre 1907 der damalige Weihbischof Dr. Marschall, der Erzieher des Thronfolgers Franz Ferdinand.

Es gibt aber denkwürdige Dinge aus dem Markt Staatz auch in unseren Tagen. So etwa, daß der weit über Österreich hinaus bekannte Musikverein Staatz heute ein Musikerheim besitzt, das zum Mittelpunkt vieler gesellschaftlicher und kultureller Veranstaltungen des ganzen östlichen Weinviertels geworden ist. Es war ein alter Schüttkasten, den die Staatzer Musiker und ihre Freunde in über 3300 freiwilligen Arbeitsstunden und mit mehr als 40 ebenfalls freiwilligen Traktor- und Pferdezugdiensten zu einem sehenswerten Veranstaltungshaus umgewandelt haben! Auch Graf *Piatti*, benachbarter Schloßherr auf Loosdorf und ein großer Freund der Volksmusik, hat entgegenkommend viel geholfen.

Im Jahre 1961 konnten die Staatzer Blasmusiker in ihrer schmucken, neuen Weinviertler Tracht sich bereits als landesbeste Kapelle in der Mittelstufe qualifizieren. Im Lauf der Jahre konnten sie dann ihr Können so verbessern, daß sie auch im Ausland bei Werbeveranstaltungen für Österreich Musik und Frohsinn aus dem Land um den Staatzer Berg Tausenden Zuhörern vermittelt haben . . .

Von der Martinskirche ruft die Glocke zum sonntäglichen Gottesdienst. Der Pfarrhof nebenan mit seiner schönen Barockfassade harmoniert durchaus mit dem neuromantischen Stil des Gotteshauses. Wie sich denn alles in diesem Markt am Fuß des wundersamen Berges harmonisch zeigt, dem, der da kommt, um ein wenig bekanntes Stück Heimat besinnlich zu erleben . . .

800 Jahre Bernhardsthal

Reiche Funde aus der Hallstattzeit

Der Name der Marktgemeinde Bernhardsthal in der Nordostecke Niederösterreichs wird im Jahre 1171 zugleich mit dem der Stadt Waidhofen an der Thaya das erste Mal genannt.

Schon in der Steinzeit siedelten im Gebiet von Bernhardsthal Menschen und, wie die von Dechant Kanonikus Karl *Bock* begonnene und von Otto *Berger* sowie Leopold *Tihelka* in verstärktem Maße fortgesetzte Bergung von Funden aus der Vergangenheit zeigt, ohne Unterbrechung auch in den folgenden Zeitabschnitten. Aus der Zeit des Großmährischen Reiches stammt das östlich des Teiches als Grabbeigabe gefundene Bleikreuz mit Christusdarstellung. Weit älter sind die bekannten drei hallstattzeitlichen Tumuli, die 1870 erforscht wurden. Der Hauptform der hier gefundenen schönen Gefäße gab man die Bezeichnung „Typus Bernhardsthal".

Von 907 bis 991 beherrschten die Magyaren diese Gegend, anschließend konnte in verstärktem Umfang die Besiedlung mit bayrischen Ansiedlern in Angriff genommen werden. Um 1002 war bereits die March Grenze gegen Ungarn, und man war offenbar bestrebt, diese Grenze flußaufwärts rasch zu sichern, um dann das Hinterland zu besiedeln. Die Versuche des Polenfürsten Boleslav *Chrobry* im 11. Jahrhundert, nach der Unterwerfung Mährens auch das Weinviertel zu erobern, scheiterten. Infolge eines unglücklich verlaufenen Krieges Konrads II. (1030) ging das Grenzland östlich der Linie Fischamend—Pollauer Berge—Tracht aber noch einmal an die Magyaren verloren. Das Grenzland wurde um 1042 wieder frei und als Grenzmark gegen Ungarn

(„Neumark“) dem Markgrafen Siegfried unterstellt; nach 1063 war es jedoch schon wieder mit der Babenberger-Mark vereinigt. Immer wieder erlebte Bernhardsthal das Grenzlandschicksal.

Als die ersten Grundherren Bernhardsthals erscheinen die *Sigeharde* oder Sighardinger, die einem im Weinviertel besitzmächtigen bayrischen Hochadelsgeschlecht angehörten. Durch Heirat kamen Bernhardsthal und Reinthal im 12. Jahrhundert an die Grafen von Pernegg. Diese Besitzer lassen sich aus der Zeugenreihe in der ersten urkundlichen Nennung Bernhardsthals erschließen. Ihr Inhalt besagt, daß der Lehensmann des Grafen Eckbert von Pernegg namens Ortolf von Waidhofen von diesem ein Gut in Bernhardsthal besaß, das er mit im Tauschweg für einen Besitz in Emmersdorf (Wachau) an das Stift Klosterneuburg gab. Da aber Ortolfs Stiefsohn auf das Gut Anspruch erhob, kam die Angelegenheit vor das herzogliche Gericht, das auf Grund der Zeugenaussagen zugunsten Ortolfs entschied, so daß der Herzog das Gut in Bernhardsthal dem Stift Klosterneuburg überantwortete. Das geschah im Jahre 1171.

Wahrscheinlich waren nach Ortolf die Zöbinger von Weikertschlag und nach diesen die Seefelder (Kadolde) belehnt. Mit dem Aussterben der Pernegger (1218) sollen beide Orte an den Landesfürsten gekommen sein. Etwa von 1328 bis um 1350 waren die Herren von Haunveld Besitzer Bernhardsthals. 1328 wurde die Feste Bernhardsthal von König Johann von Böhmen erobert. 1336/37 war sie von den Ungarn besetzt. 1367 besaß bereits Reinhard von Wehingen den Ort und erlangte für ihn 1370 das Marktrecht, das allerdings um 1750 verlorenging und erst 1938 neu verliehen wurde. Nach den Wehingern finden wir Angehörige der ritterlichen Familie der Heringe als Herren Bernhardsthals, und um 1423 kam es an die Herren von Roggendorf.

Schreckliche Kriegsstürme brausten im 15. Jahrhundert über die Gegend hinweg. Raubritterkriege zu Beginn und in der Mitte des Jahrhunderts, die Hussitenkriege und die Kriegszüge des Georg von Podiebrad und des Matthias Corvinus. Am 14. Juli 1458 wurde die Feste Bernhardsthal von den Truppen Georgs von Podiebrad eingenommen, aber schon im August von Herzog Albrecht zurückerobert. Trotzdem entschloß sich Wolfgang von Roggendorf, die Feste „ausprennen“ zu lassen, denn es handelte sich um eine ausgedehnte Anlage, die zur „huett“ (Verteidigung) viel Volks bedurft hätte. Um das Jahr 1460 dürfte auch der Raubritter Ludwenko den Ort und die Umgebung heimgesucht haben. In den nächsten Jahren erbaute der Roggendorfer, wie wir annehmen müssen, an jener Stelle, die heute noch Schloßberg heißt, statt einer Feste als neuen Herrensitz ein Schloß.

Graburnen aus der Hallstattzeit im Heimatmuseum von Bernhardsthal

Reiche Fluren und saftige Wiesen und Weiden brachten den tüchtigen Bauern des Ortes ansehnlichen Wohlstand, der in jüngster Zeit durch die ins Ortsgebiet reichenden Erdölbohrungen auf dem Mühlberg seinen Höhepunkt erreichte. Eine große Rolle spielte früher neben dem Ackerbau die Viehzucht. Man trieb damals Pferde, Fohlen und Jungvieh Anfang Mai auf die jenseits der Thaya liegenden Weidegründe, wo die Tiere den ganzen Sommer über blieben; nur bei längeren Schlechtwetterperioden und über den „Kirtag“ wurden sie nach Hause gebracht. Als der Ort nach dem Ersten Weltkrieg das Ortsgebiet jenseits der Thaya an die Tschechoslowakei abtreten mußte, ging die Pferdezucht, aber auch die gesamte Tierzucht bedeutend zurück.

Auch an tüchtigen Handwerkern fehlte es im Orte nie. Der Weber Anton *Schubert* stellte am Ende des vorigen Jahrhunderts Säcke besonders guter Qualität her; man sah diese „Schubert-

Säcke“ noch bis zum Ersten Weltkrieg. Der Tischlermeister Josef *Schultes* erzeugte um dieselbe Zeit eine mit verschiedenen Verbesserungen ausgestattete „Windtn“ (Windmühle zum Reinigen des Getreides), für die er in der ganzen Gegend bis nach Südmähren Abnehmer fand. Aber auch heute hat der Ort tüchtige Geschäftsleute und Gewerbetreibende.

Mit dem Weinbau hat es in Bernhardsthal eine eigene Bewandtnis. Gab es einige günstige Weinjahre, dann ließ man sich zum Weinbau verleiten. Gab es mehrere Jahre mit ungünstigem Wetter, so gab man ihn wieder auf. Die Flur, die 1570 und 1644 noch „Weingartln“ heißt, wird 1787 „Äcker in Weingartln“ genannt. Um 1800 begann man wieder Weingärten anzulegen, in den sechziger Jahren wurden sie wieder aufgelassen. Seit dem Ersten Weltkrieg begann man wieder, sein Glück mit dem Weinbau zu versuchen, und hat seither nicht mehr davon abgelassen.

Die Marktgemeinde Bernhardsthal hat in den vergangenen Jahrzehnten zahlreiche wichtige kommunale Bauvorhaben abgeschlossen. Eine moderne Volksschule und auch ein neues Rathaus wurden gebaut. Auf dem Grund des Kesselteiches legte man einen Sportplatz an, und das alte Gemeindeamt wurde zu einem Heimatmuseum umgestaltet. Die ur- und frühgeschichtliche Abteilung ist besonders interessant.

Passion an der Schmida

Das „Heilige Theater" von Großweikersdorf

Die Felder im sanften Hügelland ringsum schimmern im ersten zarten Grün, an den Ufern des schmalen Flüßchens sind die Palmkatzerln in ihrem sanften Silbergrau in richtig österlicher Pracht, und durch zusammengepreßte winterlich welke Blätter haben sich Leberblümchen und andere Frühlingskünder tapfer ihren Weg gebahnt zum Licht und zur Sonne. Es ist Ostern geworden, auch im Land um die Schmida, den kleinen Fluß, der da von Eggenburg her in diesem bäuerlich beschaulichen Winkel Niederösterreichs seinen Weg in Richtung Stockerau und dann weiter zur Donau nimmt. An dieser Schmida liegt auch Großweikersdorf, wo wir auf österlicher Entdeckungsfahrt ein frommes Kunstwerk besonderer Art gesehen haben: das berühmte „Heilige Theater" . . .

Kenner der guten Tropfen Niederösterreichs wissen die Marktgemeinde Großweikersdorf im Viertel unter dem Manhartsberg zu schätzen. Liefern doch die meisten ihrer rund 1300 Einwohner eine Reihe von Spezialitäten aus den Weingärten ihrer Gemeinde. Darunter einen sehr seltenen Roten Veltliner, einen Neuburger und einen Riesling aus dem „Seitnergaßl". Sogar Muskatellertrauben gedeihen in Großweikersdorf. Die Überlieferung erzählt, daß all diese guten Gaben schon ihre „Reputation" hatten, als auf dem Gut Kleinwetzdorf (es liegt in unmittelbarer Nachbarschaft) noch Feldmarschall *Radetzky* persönlich sie bei seinen Besuchen sehr schätzte, der heute in seiner Gruft im Park des Schlosses auf dem „Heldenberg" ruht.

Daß aber Großweikersdorf auch einen ganz bedeutenden Kunstschatz aus dem Kulturkreis der österlichen Passion besitzt

— wer denkt daran, wenn er auf froher Fahrt ins Waldviertel an der altehrwürdigen Kirche des Ortes vorbeikommt? Es ist das berühmte „Theatrum sacrum“, eine großartige Darstellung der erfüllten Passion Christi im Stil der Barockzeit, dargestellt als ein „Heiliges Theater“, wie es einst dem Geschmack jener Zeit entsprach. Es ist vor einiger Zeit von den Restauratoren des Bundesdenkmalamtes in alter Schönheit wieder instand gesetzt worden.

Dem ritterlichen Kämpfer und Drachenbesieger St. Georg ist diese Großweikersdorfer Kirche geweiht, die mit ihrem schlanken Turm die dörfliche Häuserzeile an der Durchfahrtsstraße neben der wunderschönen Mariensäule eindrucksvoll profiliert. Erbauen ließ sie einst der damalige Grundherr von Weikersdorf, Adrian Wenzel Graf von *Enkewörth*, bei Lebzeiten auch Herr auf Grafenegg bei Krems und Namiest in Mähren. Der sehr kunstsinnige Edelmann wollte „seinem“ Markt eine wirklich bedeutende Kirche geben und ließ deshalb das Gotteshaus von keinem Geringeren als Josef Emanuel *Fischer von Erlach* als Baumeister gestalten.

Die Kunstforschung glaubt zu wissen, daß auch dessen berühmter Vater, Johann Bernhard, an den Entwürfen mitgearbeitet hat. Graf Enkewörth hat überdies so berühmte Meister wie Martin *Altomonte* und Johann Martin *Schmidt* (genannt der „Kremser Schmidt“) verpflichtet. Das großartige Hochaltarbild des heiligen Georg bewundern wir als eines der besten Werke Altomontes, der Meister aus Krems schuf das Gemälde des heiligen Nepomuk auf dem rechten Seitenaltar. Es zeigt die eigenhändige Unterschrift des Meisters und die Jahreszahl 1794. Den linken Seitenaltar dieses wundersamen Gotteshauses an der Schmida aber schmückte der große Tiroler Paul *Troger* mit einem Bildnis des heiligen Ivo.

Das „Heilige Theater“ aber finden wir am Ende des rechten Kirchenschiffes in der sogenannten Grabeskapelle. In den österlichen Tagen stimmungsvoll ausgeleuchtet, zeigt sich hier ein überwältigendes Bild. Durch Kulissen dargestellt sieht man die Stätte der Erlösung der Menschheit, den Berg Golgatha, auf dem das Kreuz des Heilands ragt. Die Szene selbst zeigt die Kreuzabnahme — eine packende Aussage des Erlöserwortes: „Es ist vollbracht!“ Die Gruppe ist ebenso dramatisch bewegt wie etwa die berühmte „Kreuzabnahme“, die der Barockbildhauer *Giuliani* im Stift Heiligenkreuz geschnitzt hat. Der Leichnam Jesu wird von auf Leitern stehenden Jüngern abgenommen. Er ist völlig leblos, aber dennoch haben die Gestalter des Kunstwerkes ihn in selig leuchtender Verklärung dargestellt. Zur Linken steht die Gottesmutter Maria, von wehklagenden Frauen umgeben, rechts ist der

Das „Heilige Theater“ in der Pfarrkirche von Großweikersdorf

heilige Johannes, unter dem Kreuz eines Schächers stehend, zu erkennen. Eine Sargkulisse mit lateinischer Inschrift — dem Stil der Barockzeit entsprechend — symbolisiert das Heilige Grab. Andere Kulissen zeigen Blumen, Pflanzen und Felsgruppen und umrahmen die ganze Szene der Vollendung der Passion.

Das ganze „Heilige Theater“ wirkt tatsächlich bühnenhaft. Die Darstellungen sind wie Theaterkulissen auf handgewebtes Leinen gemalt, das über Holzgerüste gespannt ist. In der Barockzeit waren ähnliche Passionsdarstellungen während der Karwoche im Kirchenschiff auch anderer niederösterreichischer Landkirchen aufgestellt. Es sollte dadurch den Gläubigen das Leiden des Herrn und das Werk des österlichen Opfers mit dem folgenden Wunder der Auferstehung besonders einprägsam vor Augen geführt werden.

Es sind nämlich tatsächlich echte Bühnenarchitekten der Barockzeit die Schöpfer dieses Kunstwerkes. Als seine Gestalter kennt die Kunstgeschichte einen der berühmten „Theateringenieure“ aus der italienischen Bühnenbildnerfamilie Galli-Bibiena, die am Wiener Kaiserhof zur Zeit Karls VI., des Vaters Maria Theresias, tätig waren. Sie haben ähnliche religiöse „Inszenierungen“ auch anderswo in niederösterreichischen Kirchen und Klöstern geschaffen, wobei ihre Darstellung der Heiligen Stadt Jerusalem in einer der großen Nischen des Kreuzganges im alten Kloster von Dürnstein in der Wachau am bekanntesten ist. Auch dort ist mit Kulissen im Stil des barocken Theaters die Stadt Jerusalem — auch mit dem Haus des Pilatus, mit der Via sacra und dann im Hintergrund auch Golgatha — dargestellt, wobei dieses ganze eigenartige Bühnenbild durch buntfärbige Öllämpchen beleuchtet werden kann.

Es ist anzunehmen, daß der Schöpfer des „Heiligen Theaters“ von Großweikersdorf der Theateringenieur Guiseppe *Galli-Bibiena* war, der später auch die Innenausstattung des zu seiner Zeit kurfürstlich-bayerischen Opernhauses in Bayreuth gestaltet hat, des Vorgängers des heute so berühmten Bühnenhauses der Bayreuther Wagner-Festspiele.

Erstaunlich, wie eine kleine Osterfahrt in einen sonst selten genannten niederösterreichischen Ort wieder einmal beweisen kann, welche Bedeutung dieses Kernland Österreichs auch in der Kunstgeschichte hat.

Kaisermanöver und Fürstenprunk

Schloß Schwarzenau im Waldviertel

Der von Wien kommende Reisende erreicht, wenn er, das Horner Becken verlassend, die „Wild“ durchquert hat, das Tal der Thaya unweit des stattlichen Marktes Schwarzenau mit seinem einst großartigen Schloß.

In der ersten Hälfte des 12. Jahrhunderts gehörte Schwarzenau dem Herrschaftsbereich von Allentsteig an. Damit war das Gebiet Teil des Kuenringischen Hoheitsgebietes, das bekanntlich aus einer Königsschenkung hervorging und ursprünglich außerhalb der Einflußsphäre des Landesherrn lag. 1150 wird erstmals der Ort genannt. Der Anlaß war, daß der Passauer Bischof in diesem Jahr Zehentrechte in der Mutterpfarre Altpölla vergab. Auch von „Swarzenawe“ mußten Abgaben geleistet werden. Der Ortsname gibt uns in diesem Fall keine Rätsel auf. Gemeint ist ein Augebiet, welches durch die umgebenden Waldungen dunkel, düster — eben „schwarz“ — war. Schwarzenau ist eine ältere Namensform, in späterer Zeit wurde die Kurzform Schwarzau verwendet.

Zur Zeit der Erstnennung, also um die Mitte des 12. Jahrhunderts, waren die Herren von *Kamegg-Kaya,* die ja bekanntlich auch Allentsteig innehatten, Besitzer des Gebietes. Bald darauf dürfte der Besitzwechsel erfolgt sein: Schwarzenau wurde vom Allentsteiger Gebiet abgetrennt. Die Herren von *Mühlbach,* mit den Kuenringern in verwandtschaftlicher Bindung, können nun als Besitzer, freilich auch nur für einige Jahrzehnte, nachgewiesen werden. Die Mühlbacher nannten sich nach ihren Besitzungen zu Mühlbach am Manhartsberg; diesem Geschlecht entstammt jener Pilgrim, der sich 1197 „de Swarzenawe“, also „von Schwarzenau“, nennt.

Die Mühlbacher haben auch in der Senke am Thayafluß ihre Burg errichtet. Diese hatte sicher beachtliche Bedeutung, war es doch ihre Aufgabe, die alte Fernstraße in den böhmischen Raum zu schützen. Um die Mitte des 13. Jahrhunderts finden sich in der Nachfolge und als Erben der Mühlbacher die Herren von *Streun.* Diese waren zuerst in Falkenstein im Weinviertel begütert, bald aber haben sie sich im Waldviertel heimisch gefühlt; die Benennung nach Schwarzenau läßt sich schon nach kurzer Zeit nachweisen. Fast 500 Jahre blieben die Streun von Schwarzenau Besitzer der Herrschaft. Diesem Geschlecht entstammten große Männer, treue Diener des Staates, aber auch überzeugte Bekenner der neuen Lehre Luthers, wodurch sie in Konflikt mit dem Herrscher kamen, und schließlich war Reichard Streun von Schwarzenau, wie noch ausgeführt werden soll, ein sehr bedeutender Geschichtsschreiber.

Pilgrim der Streun von Schwarzenau scheint 1266 in einer Urkunde auf. Am 27. Oktober dieses Jahres war er bei der Endphase eines tragischen Lebenslaufes anwesend. *Königin Margarethe,* Schwester des letzten Babenbergers und von König Ottokar schmählich verlassene Gattin, stand am Ende ihrer Erdenpilgerschaft. Auf Schloß Krumau am Kamp bezeugte nun Pilgrim das Testament der vereinsamten Herrscherin, und zwei Tage später verlosch das Leben der schwergeprüften Frau.

Im Zuge des Konflikts mit Matthias Corvinus befand sich 1485 ein ungarischer Hauptmann im Schloß. Ob die Streun — 1459 erfahren wir, daß Heinrich kaiserlicher Rat und Hauptmann zu Waidhofen ist — mit den Ungarn in freundschaftlicher Verbindung waren, bleibt fraglich. Jedenfalls hatte unter *Kaiser Maximilian* Wolfgang Streun eine hohe Vertrauensstelle inne, auch sonst war der Kaiser den Streuns sehr gewogen. Wir erfahren, daß Wolfgang Viertelmeister für das Viertel ober dem Manhartsberg war. Als 1504 der Kaiser seinen niederösterreichischen Untertanen befahl, sich für den Feldzug zu rüsten, da hatten sich die Waldviertler bei Streun zu melden.

Wenige Jahrzehnte später wurde nun der schon erwähnte Reichard Streun von Schwarzenau 1537, nach anderen Quellen am 9. November 1538, geboren. Vermutlich war Schloß Hartenstein seine Geburtsstätte, Reichard war Reichshofrat, Kammerpräsident und in den Diensten Erzherzog Maximilians geheimer Rat und oberster Hofmeister. Reichard Streun studierte ab dem 16. Lebensjahr an der Universität zu Padua die Rechtswissenschaften. Streuns historische Schriften sind äußerst umfangreich und bedeutungsvoll. Er beschäftigte sich, den Zeitströmungen gemäß, sehr viel mit Genealogie und widmete der Lan-

Schloß Schwarzenau, ein beachtlicher Renaissancebau aus dem Jahre 1592

desgeschichte von Ober- und Niederösterreich bedeutende Studien. Im Jahre 1600 wurden seine Arbeiten bereits der kaiserlichen Bibliothek einverleibt. Als einer der ersten hat Reichard Streun von Schwarzenau ansatzweise volkskundliche Feldforschung betrieben und heimisches Sagengut aufgezeichnet. Am 8. November 1600 verschied der große Gelehrte und verdienstvolle Staatsmann nach einem arbeits- und ereignisreichen Leben und wurde am 16. April 1601 im Chor der Pfarrkirche von Ferschnitz beigesetzt. Streun war ein humaner Gutsherr, so daß in seinen Besitzungen der Bauernaufstand nicht um sich griff.

In die sonst so verhängnisvollen Jahre des Glaubensstreites fällt der Umbau des Schlosses. Schloß Schwarzenau ist eines der bedeutendsten Renaissancebauwerke unseres Landes. Der Baukern stammt noch aus der Romanik, also aus jener Zeit, wo die Herren von Mühlbach ihre Feste zum Schutz der alten Fernstraße errichtet hatten. 1592 erfolgte der Umbau zum breit hingelagerten, vornehm wirkenden Wasserschloß, das natürlich im Stil der

Zeit, der Renaissance, errichtet wurde. 1835 wurde noch der Osttrakt angefügt.

In den Jahren 1869 und 1870 wurde die Strecke der Franz-Josefs-Bahn in diesem Gebiet in Betrieb genommen. Das brachte in der Folgezeit Schwarzenau die Stellung eines Verkehrsknotenpunktes. 1871 strebte schon die Stadt Zwettl den Anschluß an die Hauptstrecke an. Dies geschah vorerst rein symbolisch: 1872 erhielt die Station den Namen „Schwarzenau-Zwettl", 1896 wurde dann die Flügelbahn über Zwettl nach Gutenbrunn bei Martinsberg in Betrieb genommen. Am 3. August 1891 konnte die Teilstrecke Waidhofen—Schwarzenau feierlich für den Verkehr freigegeben werden.

1891 war dann das Jahr des großen Kaisermanövers, bei dem Schwarzenau hohe und höchste Gäste beherbergen konnte. Am 2. September traf *Kaiser Franz Josef* ein, seine Gäste waren der deutsche *Kaiser Wilhelm II.* und *König Albert von Sachsen,* die alle im Schloß wohnten. 140 Leute ihres Gefolges waren ebenfalls hier untergebracht, oberhalb des Ortes errichtete man eigens Stallungen für 160 kaiserliche Pferde und Wagenremisen.

Die Waldviertelbahn zwischen Donau und Elbe

Eine romantische Fahrt auf der europäischen Wasserscheide

Hand aufs Herz, wer kennt schon die kleine, schmalspurige Waldviertelbahn? Wer weiß, daß sie wegen ihrer fast kühn zu nennenden Trassenführung einst die „Semmeringbahn des Waldviertels“ genannt wurde? Und, so müßte man weiterfragen, wer kennt überhaupt die Landschaft, die sie durchfährt, dieses zauberhafte Dornröschenland im nordwestlichen Zipfel Niederösterreichs? Dieser an Böhmen grenzende Teil des Waldviertels ist wegen seiner ungünstigen Verkehrslage stets etwas stiefmütterlich behandelt worden, und selbst heute noch, in unseren Tagen, gilt die Gegend um den Nebelstein wie etwa ein „Land hinter den sieben Bergen“.

Als in den siebziger Jahren des vorigen Jahrhunderts die Franz-Josefs-Bahn gebaut wurde, begannen die Wortführer des Gmünder Bezirkes leidenschaftlich dafür einzutreten, daß nun auch die etwas abseitig liegenden Gebiete des Waldviertels in das Eisenbahnnetz einbezogen werden. Rund 20 Jahre später war den zähen Bemühungen Erfolg beschieden: Die ins Leben gerufene Aktiengesellschaft der „Niederösterreichischen Waldviertelbahn“ erhielt die Konzession für zwei von Gmünd aus in nördlicher und südlicher Richtung führende Schmalspurbahnen, die eine nach Litschau mit Abzweigung nach Heidenreichstein, die andere nach Großgerungs. Ursprünglich war das Ziel ja viel weiter gesteckt. Die südwärts führende Strecke sollte über Ottenschlag bis Krems verlängert werden, um dort Anschluß an die nach Wien, St. Pölten und in die Wachau führenden Bahnlinien zu finden.

So weit ist es aber leider nie gekommen, sehr zum wirtschaftlichen Schaden des gesamten Waldviertels. Die Waldviertelbahn blieb also ein Torso, aber da sich in Österreich Provisorien seit eh und je als recht lebenskräftig erweisen, hat sie, wenngleich auch unvollendet, ihre Daseinsberechtigung und ihren wirtschaftlichen Nutzen sehr wohl bewiesen.

In den ersten Jahren ihres Bestandes hatte die kleine Bahn ihren Ausgangspunkt beim Hauptbahnhof Gmünd. Durch die Grenzziehung von 1919 blieb zwar die Stadt Gmünd auf österreichischem Gebiet, der Hauptbahnhof kam jedoch zur Tschechoslowakei. Seit 1922 müssen daher die Züge von dem neuerrichteten österreichischen Bahnhof Gmünd abfahren. Das große Wohngebäude für die Bahnbediensteten, das nun ebenfalls auf tschechischem Gebiet lag, blieb hingegen kurioserweise bis zum Jahre 1945 in Benützung.

Von Gmünd aus folgt die Bahn in fast unmerklicher Steigung dem Lainsitzbach flußaufwärts in südwestlicher Richtung am Eichberg vorbei und wendet sich dann im rechten Winkel nach Südosten. Hier wird das Landschaftsbild etwas bewegter. Die imposante Wallfahrtskirche „Unser Frau am Sand“, in deren Nähe sich vor vielen hundert Jahren ein wundertätiges Bad befunden haben soll, grüßt das vorüberfahrende Züglein, das bald darauf Alt-Weitra, die älteste Ansiedlung des Gmünder Bezirkes, erreicht.

Dann geht es in starker Steigung und in vielen Kurven dem malerischen Bergstädtchen Weitra entgegen, jener alten Grenzfestung, in der einst die „Hunde von Kuenring“ gehaust haben, die später dann von Böhmen, Hussiten, Schweden und aufständischen Bauern belagert worden war und mit einem Wort eine recht bewegte Vergangenheit hat. Um die kleine Stadt, die vor Zeiten als Zoll- und Mautstation der viel befahrenen „Böheimstraße“ eine gewisse Bedeutung hatte und in deren Mauern Handel und Wandel blühten, ist es freilich recht still geworden. Durch das unfreiwillige Abrücken von der großen Verkehrsader haben ihr die günstiger liegenden Schwesterstädte den Rang abgelaufen — und daran hat auch die Lokalbahn nichts ändern können.

Nach der Station Steinbach-Großpertholz beginnt der technisch interessanteste Teil der Strecke. An der rechten Lehne eines überaus unwirtlichen Grabens steigt die Bahn hinauf zur mitteleuropäischen Wasserscheide zwischen Donau und Elbe. Bewundernswert ist es, was hier die italienischen Arbeiter, denen der Bahnbau anvertraut war, geleistet haben. Steile Abhänge wechseln in steter Folge mit hohen Dämmen, tiefe Einschnitte werden überwunden, und es ist so, als hätten sich hier alle nur erdenklichen Hindernisse in den Weg gestellt, um den Bau zu verhindern. Wo schließlich kein anderer Ausweg war, bohrten die In-

Die Waldviertelbahn von Gmünd nach Großgerungs mit Schloß Weitra im Hintergrund. Die Lastwaggons mit Normalspur werden auf schmälere Untergestelle aufgebockt

genieure zwei Tunnel, den 80 Meter langen Tunnel durch den Felskopf und den 270 Meter langen Bruderndorfer Tunnel.

In dieser Bergeinsamkeit spielte die kleine Bahn bei ihrer Eröffnung den Ehrengästen einen bösen Streich. Als die erste Teilstrecke, Gmünd—Steinbach, mit viel Musik, Fahnen, Böllerschüssen und Ansprachen eröffnet wurde, wollten die Vertreter der Waldviertelbahn die erschienenen Honoratioren bis zu den noch im Bau befindlichen Tunnels führen. Durch vorhergegangene Regenfälle war aber an einer Stelle die Trasse unterwaschen, die Gleise gaben nach, und ein Waggon entgleiste. Nach einer halben Stunde emsiger Arbeit war der Wagen wieder am rechten Weg und es ging mit dem „zierlichen Dampfroß flott weiter", wie die damalige Kremser Zeitung berichtet. Im Tunnel konnten sich die Ehrengäste von dem überstandenen Schrecken erholen: Im Scheine von Bergmannslichtern hatte der Landesausschuß eine Tafel mit Wein, Bier und kaltem Büffet bereitstellen lassen.

An der Wasserscheide, dem Bruderndorfer Hochplateau, angelangt, hat der Zug auf einer Strecke von nur zweieinhalb Kilometern einen Höhenunterschied von 180 Metern überwunden. Nun senkt sich die Strecke ins Tal der Zwettl, und über Langschlag geht's der Endstation Großgerungs entgegen. So sind wir 43 Kilometer gefahren, und auf jeder Station konnte man es immer wieder deutlich sehen: Die kleine Bahn ist ein wirklicher „Verkehrsträger" im wahrsten Sinne des Wortes. Holz ist das wichtigste Transportgut. Auf allen Bahnhöfen stehen hochbeladene Wagen mit Rundholz, Brettern oder Brennholz. Um den Übergang auf die Hauptstrecke zu erleichtern, werden normalspurige Wagen verwendet, die auf Rollschemel aufgebockt sind. Dadurch wird das zeitraubende und kostenverursachende Umladen vermieden.

Am 1. März 1903 wurde das letzte Teilstück der Waldviertelbahn dem öffentlichen Verkehr übergeben. Seit über 75 Jahren steht die Bahn somit im Dienste des Landes und seiner Wirtschaft. Das mag wohl Grund genug sein, in ihr nicht nur ein romantisches Relikt von Anno dazumal zu sehen, sondern auch eine Verkehrseinrichtung von unschätzbarem Wert.

Land an der Wild und an der Taffa

Wo die rot-weiß-rote Fahne entstand

Als vor rund zwei Jahrtausenden vom Süden die Römer und vom Norden her die germanischen Stämme unser Land betraten, da fanden sie weit ausgedehnte, dichte Urwälder vor, die nur hie und da von fruchtbaren Ebenen und Flußtälern unterbrochen waren. Besonders das Gebiet nördlich des Donaustroms mit dem Manhartsberg als Ostgrenze war solch ein undurchdringliches, in der Urzeit nur spärlich besiedeltes Waldgebiet. Auch zur Zeit der bayrischen Kolonisation wurden hier kaum Rodungen vorgenommen. Als die anderen Landesteile schon längst in fruchtbares Ackerland umgewandelt waren, bezeichnete man dieses Gebiet noch immer als „silva nortica" (Nordwald) und „Waldmarch". Der Wald hat schließlich dem Viertel ober dem Manhartsberg seinen Namen gegeben.

Seit den Tagen des undurchdringlichen Nordwaldes sind freilich viele Jahrhunderte verstrichen, doch konnten sich so manche Überreste der mittelalterlichen Waldmark in ihrer Ursprünglichkeit bis in unsere Tage retten, weil sie, vergessen und abgelegen, ihre alte Größe und Stille bewahren durften. Eine solche urtümliche Insel der Beschaulichkeit und Ruhe, weit entfernt vom großen Verkehr und der hektischen Betriebsamkeit des Fremdenverkehrs ist das Land an der Wild und Taffa im Nordwesten der Horner Bucht. Dort, wo die Taffa aus ihrem tief eingegrabenen Bett in die Horner Bucht eintritt, stand einst die Burg der Grafen *von Poigen,* die im 11. Jahrhundert das „Poigreich" (die heutige Horner Bucht) beherrschten. Dieses Grafengeschlecht erwarb sich große Verdienste um die Urbarmachung des Horner Gebietes und stiftete 1144 das Kloster Altenburg. Auf der Anhöhe, wo die Burg der Poiger gestanden ist, erhebt sich heute in malerischer Lage die Margareten-Kapelle von Grünberg. Wie ein Wächter, der ins untere Taffatal hinausblickt, ragt der eigenwillig zugespitzte Turm weithin sichtbar empor. Die ursprünglich gotische, jetzt barocke Kapelle war früher ein beliebter Wallfahrtsort, der aber durch Kaiser *Josef II.* eingestellt wurde. Am Autoparkplatz sind noch mittelalterliche Burgmauerreste zu sehen.

Unten im weitausladenden Tal, gegen Horn zu, liegt, von fruchtbaren Feldern umgeben, das ehemalige Kloster St. Bernhard. Urkunden und Volkssagen überliefern eine eigenartige Entstehungsgeschichte dieses Klosters: Als dieses Gebiet noch von unwirtlichen Wäldern bedeckt war, stand hier eine Herberge, ein sogenannter Krug, der für die Wanderer in dieser unwegsamen Gegend von großer Bedeutung war. Demnach hieß auch die hier entstehende Siedlung „Chrueg". Diese Waldherbergen waren oft üble Spelunken, in denen sich allerlei lichtscheues Gesindel aufhielt. Die hiesige Schenke muß einen besonders schlechten Ruf gehabt haben, denn als Stephan von Maissau im Jahre 1277 „zu Chrueg im Poigreich am Teffenbach" ein Zisterzienserinnenkloster stiftete, trat folgendes Kuriosum ein: Jedem, der von nun an den Ort anstatt Krug St. Bernhard nannte, wurde ein zehntägiger Sündenablaß gewährt! Und tatsächlich setzte sich der neue Name durch. Die Sage weiß sogar von einer Hexe zu erzählen, die einst Besitzerin des Kruges gewesen sein soll. Diese war mit dem Teufel im Bunde und ermordete ihm zuliebe einen Wanderer. Als dann in späterer Zeit der Ort umbenannt wurde, fuhr während der hiezu veranstalteten Feierlichkeit plötzlich der böse Geist der Hexe in Gestalt einer gehörnten Bärin aus dem Rauchfang des Wirtshauses.

Nun, Sagen sind ja nicht immer aus der Luft gegriffen — und was Untiere betrifft, so können die Waldviertler hier so manches erzählen. Zwar gehören Bären und Wölfe der Vergangenheit an (der letzte Wolf wurde 1854 bei Großgerungs erlegt), doch bereiten heute noch zahlreiche Wildschweine den Bauern und Förstern des Taffatales große Sorgen. In dutzendstarken Rudeln dringen sie besonders nachts in Mais- und Kartoffelfelder ein und reißen mit ihren Hauern metertiefe Löcher und Furchen auf. Obwohl in jedem Jagdrevier jährlich bis zu 20 Wildschweine bei großen Kesseljagden erlegt werden, treten immer wieder neue Rudel auf, die ständig auf Grund „illegaler Grenzübertritte" aus der Tschechoslowakei auf österreichisches Gebiet herüberwandern; in dem breiten Niemandsland der Grenzgebiete können sich diese Tiere nämlich ungestört entfalten und brechen dann von dort nach allen Seiten aus.

Schloß Wildberg, die Wappenburg der österreichischen Staatsfarben

Im dichtbewaldeten Oberlauf der Taffa, wo sie sich in zahlreichen Windungen durch das Urgestein gräbt, thront in eindrucksvoller Höhe majestätisch Schloß Wildberg, ein höchst bedeutsames Denkmal österreichischer Kunst und Geschichte. Von diesem Schloß stammen Österreichs Staatsfarben Rot-Weiß-Rot. Als im Jahre 1230 das alte Geschlecht der *Grafen von Wildberg-Poigen* ausstarb, fiel nach mittelalterlichem Lehensrecht ihr Besitz in die Hand des Landesfürsten. Das waren zu dieser Zeit die Babenberger — und sie übernahmen mit der heimgefallenen Herrschaft der Wildberger auch deren Wappen, den rot-weiß-roten Bindenschild, der seit *Friedrich dem Streitbaren* als österreichisches Staatswappen geführt wird. Zwar erzählt man in den Schulen über die Entstehung der Farben Rot-Weiß-Rot gerne die Legende von Akkon, doch geht diese auf einen fabulierenden Geschichtsschreiber des 14. Jahrhunderts zurück und hat daher in der Wissenschaft keinen Platz. Auf Wildberg ist das rot-weiß-rote Wappen noch am steinernen Türstock zur Schloßkapelle in leuchtenden Farben erhalten.

Voll faszinierender Romantik ist auch eine Wanderung entlang der kleinen Taffa, vorbei an der Ruine Grub bis ins Quellgebiet des Bächleins. Hier, bei Nonndorf an der Wild, ist noch ein eher gruseliges als romantisches Relikt aus vergangenen Jahrhunderten zu sehen: Auf einer von Feldern umgebenen Anhöhe steht als weithin sichtbares Mahnmal ein aus Bruchsteinen gemauerter Landgerichtsgalgen der Herrschaft Wildberg aus dem 17. Jahrhundert. Bis um die Jahrhundertwende und vereinzelt auch noch nach dem Ersten Weltkrieg zog viel fahrendes Volk durchs Taffatal und die entlegenen Dörfer an der Wild: Da kamen Scherenschleifer, Mariazeller-Weiberl, die mit Bitten und Gelübden ihrer Auftraggeber nach Mariazell pilgerten, und der Guckkastenmann, ein stets willkommenes Erlebnis für die Kinder. „Krowotten" mit Gemüsesamen, Anis, Fenchel, Knoblauch, Zwiebel und Süßholz zogen im Winter durch. „Kraner" (aus Krain) brachten auf ihren Buckelkraxen Kämme, Zahnbürsten, Seifen, Halsbinden, Hosenträger und Strumpfbänder. Ferner kamen Bandelkramer, Kochlöffel- und Holzwarenhausierer, Rastelbinder, Pfannenflicker und Siebmacher, Lumpensammler für die Waldviertler Papiermühlen, Komödianten, „Künstler" und Zigeuner. Manch ältere Dorfbewohner können sich noch an ein Sprüchel erinnern, das sie von ihren Eltern oft zu hören bekamen, wenn die Zigeuner durchs Dorf fuhren oder hier haltmachten: „Mariedl, spirr d' Hea ein! Resl, treib d' Gäns hoam! Franzl, hol d' Goas eina! Michel, treib d' Schaf hoam! Peperl, bring d' Wäsch eina! Seppl, mochs Toar zui! — Dö Zigeiner kumman!"

Noch sind die Wälder der Wild und das Tal der Taffa ein vergessenes Fleckchen Niederösterreich und es schläft im Schatten der übrigen Fremdenverkehrsgebiete einen unberechtigten Dornröschenschlaf. Aber derjenige, der sich nicht scheut, diese Oase der Stille und Beschaulichkeit aufzusuchen, darf sich wahrlich wie ein Prinz belohnt fühlen, wenn er es entdeckt hat, dieses Land der Burgen und Märchenwälder, wie der Heimatdichter Hamerling es nannte — das Land, aus dem Österreichs Farben stammen.

Aschen, Saltz und Kis

Von den Glashütten des Waldviertels

Die alten Glashütten des Waldviertels waren eine eigene Welt und hatten ihren eigenen Zauber. Ihnen haftete immer etwas Geheimnisvolles, Besonderes an, und die übrige Bevölkerung betrachtete die „Hüttenleut" immer halb neugierig, halb mißtrauisch. Der Zauber des Hüttenlebens war denn auch für Reiseschriftsteller immer ein großer Anreiz. Der „Wanderer im Waldviertel", Friedrich Anton *Reil,* besuchte Zich im Joachimsthal und schrieb begeistert über das Leben der Glasmacher. Robert *Hamerling,* der Dichterfürst des Waldviertels, gedenkt auch in seinen „Stationen meiner Lebenspilgerschaft" gerne der glücklichen Tage, die er bei seinem Paten Anton Katzenberger, einem „Hüttenschreiber", in Georgental bei Gratzen zubringen durfte.

Die ersten Erwähnungen von Glashütten finden sich aber bereits etwa zwei Jahrhunderte früher, in den Topographien eines *Merian* und *Vischer.* Von letzterem stammt auch der Sinnspruch „Aschen, Saltz und Kis gibt mir, Allerei glas und trinkgeshir". Bis in die Gegenwart haben sich zahlreiche Heimatforscher des Waldviertels eingehend mit der Geschichte dieses für jene Landschaft so typischen Wirtschaftszweiges beschäftigt.

Es waren die Grundherrschaften, die Glashüttengründungen förderten oder selbst durchführten. Waren doch bis ins vorige Jahrhundert, genau gesagt bis zum Bau von Eisenbahnen, die Glashütten die einzigen Holzabnehmer von Bedeutung. Dazu kam noch, daß man heimische Quarzvorkommen nützen konnte.

Um 1400 wurde Prag, begünstigt durch den Niedergang der venezianischen Glaserzeugung, Zentrum einer sich rasch entwikkelnden böhmischen Glasindustrie. Von Böhmen, die alten Verkehrswege sowie die Grenzlage der Hütten sprechen dafür, wurde dann aller Wahrscheinlichkeit nach die Kunst der Glasherstellung in das Waldviertel gebracht. Im Waldviertel sind es drei Räume, in denen sich die Glaserzeugungsstätten konzentrieren: Arbesbach-Traunstein, Weitra und Litschau. Im Arbesbach-Traunsteiner Gebiet sind die nachweisbar ältesten Hütten, 1371 die Glashütte bei Schönau und 1390 die von der Herrschaft Isper errichtete Hütte zu Schöngrund bei Bärnkopf. Im Raum Weitra findet sich zuerst 1452 in Harmanschlag der Familienname Glaser und laut Weitraer Urbar von 1499 dient „Hanns Glaser von seiner Glashütten", mit der die „Althütte" in Oberharmanschlag gemeint ist. Im Litschauer Gebiet soll bereits um 1450 bei Saaß Glas erzeugt worden sein.

Im niederösterreichisch-böhmischen Grenzgebiet gab es insgesamt 120 Glashütten. 21 Herrschaften gründeten sie, 15 davon betätigten sich im Waldviertel. Waren die Glashütten vorerst wohl in der Mehrzahl Privatbetriebe, wie es uns genau von der Harmanschlager Hütte überliefert ist, so erfolgte später die Einbeziehung in die Eigenwirtschaft der Grundherrschaften. Dadurch war erst eine Steigerung von Produktion und Qualität möglich. Im vorigen Jahrhundert können wir dann eine gegenläufige Bewegung feststellen, Verpachtung und Verkauf von Glashütten.

Zwei Persönlichkeiten verdienen es, genannt zu werden, die einerseits das Waldviertler Glas technisch entwickelten und anderseits die Glaserzeugung im Sinne der Industrialisierung umformten: Josef Wenzl Zich und Carl Stölzle. *Zich,* der 1788 von der Weitraer Herrschaft die Hütte zu Joachimsthal, im Nebelsteingebiet gelegen, pachtete, war ein großer Fachmann in der Glaserzeugung. 1820 gelang es ihm, für damalige Zeiten eine Besonderheit, ganz farbloses Glas herzustellen, 1825 erzeugte er dann durch Beigabe von Holzsägespänen ein schwarzes undurchsichtiges „Hyalith-Glas", wofür er ein Patent erhielt. 1835 pachtete Carl *Stölzle* in der Nachfolge des jüngeren Zich Schwarzau und Joachimsthal. Bald erzielte er schöne Erfolge mit kunstvollen Gläsern. 1846/47 pachtete Stölzle die Hütten zu Alt- und Neunagelberg, die er dann 1858 kaufte.

Bis zur Jahrhundertwende erwarb die Firma Stölzle eine Vielzahl von Betrieben, zumeist Glashütten. Die drei einzigen Großbetriebe der Waldviertler Glaserzeugung wurden von ihr begründet: Eugenia, das bis 1930 betrieben wurde und gegen 300 Beschäftigte zählte, Neunagelberg, bis 1933 mit etwa 500 Arbeitern, und schließlich die einzige heute noch bestehende Glasfabrik des Waldviertels in Altnagelberg, die etwa 700 Leute beschäftigt.

Das Glasschleifen erfordert eine ungeheure Konzentration, Genauigkeit und eine sichere Hand

Die Glashütten waren auch für die späte Binnenkolonisation von Bedeutung. Ein Pachtvertrag von 1788 besagt, der Pächter müsse die abgeholzten Schläge je nach Bodengüte in Wiesen oder Felder umwandeln. Weiters waren nach etwa 50 bis 60 Jahren die Holzvorräte nahe einer Hütte aufgebraucht, so daß diese verlegt werden mußte. Aufgelassene Glashütten waren oftmals die Keimzelle neuer Ortschaften oder Weiler, so etwa im Bezirk Gmünd bei Karlstift, Josefstal, Ludwigstal, Stadlberg und Christinaberg. Die Verwendung von Kohle, der Eisenbahnbau und die beginnende Industrialisierung brachten den Niedergang der kleinen Hütten.

In Orts- und Flurnamen findet man manche Erinnerungen an die Glaserzeugung. Die volksläufigen Namen für Alt- und Neunagelberg und Eugenia bei Schrems sind „Althütte“, „Neuhütte“

und „auf da Hütt'n", bei Harmanschlag gibt es das Dörfchen Althütten und in der Gemeinde Schlag im Bezirk Litschau einen Hüttenhof. An die Pochwerke, in denen der Quarz für den Schmelzvorgang zerkleinert wurde, erinnern die Namen Buchers, ein Ort jenseits der Grenze, der tschechische Name lautet bezeichnenderweise „Pohori", Hinterpocher und Mitterpocher bei Nagelberg, Puchterhäusl mit Puchterackerl und Puchterwiesl bei Harmanschlag und schließlich der Einzelhof Kiespocher, wohl der schönste und deutlichste Name, nahe Heidenreichstein.

Über den technischen Vorgang der Glaserzeugung soll hier nicht gesprochen werden. Nur das sei erwähnt, daß jeder Glasmeister den „Glassatz", das Gemenge der Rohstoffe, von dem Güte und Schönheit des Glases abhingen, vorsorglich geheimhielt. Sepp *Koppensteiner* hat das in seiner Ballade vom „Hans Veith Eder" dichterisch meisterhaft gestaltet.

Bemerkenswert ist sicher noch, daß die Entlohnung nach dem jeweils vor Arbeitsbeginn an einer neuen Glassorte festgelegten „Hüttenschock" erfolgte. Das waren nun aber keine 60 Stück, sondern die Anzahl der Stücke des Hüttenschocks war von der Größe und Schwierigkeit der geblasenen Gegenstände abhängig. Der Arbeiter erhielt sehr wenig Bargeld, etwa zwei Drittel des Lohnes gingen auf das Kostgeld auf und ein Fünftel bis ein Drittel auf den Bierkonsum.

So manches gäbe es noch zu sagen, vom „Robisch", dem Kerbholz im Hüttenwirtshaus, von Hüttendialekt und Hüttenmusik, von Arbeitsbrauchtum und Besonderheiten im Jahresbrauchtum, wie etwa dem Essen der Martinsgans, und schließlich auch vom schönen Glasmuseum in Gmünd ...

Die Weber waren reiche Leute

Weberzünfte im oberen Waldviertel

Unter den Handwerkszweigen des oberen Waldviertels gehörte die Weberei unstreitbar zu den am weitest verbreiteten Gewerben, und sie war auch personell am stärksten vertreten. Seit der Besiedlung dieses Grenzlandes im 12. und im 13. Jahrhundert hatte die Erzeugung von Webwaren in allen Teilen dieses rauhen Hochlandes ihre Heimstätte. Dementsprechend sind die Weber schon verhältnismäßig früh in den Urkunden bezeugt. So werden im Jahre 1375 in einer Weitraer Urkunde „Wölfel und Kienzel, die Weber" in Rieggers, einem Dorf bei Zwettl, namentlich angeführt. In der zweiten Hälfte des 15. Jahrhunderts läßt sich der Zuname *Weber* in den Grundbüchern der Herrschaften Weitra und Zwettl über hundertmal nachweisen, wobei allein die Hälfte dieser Namensträger im Weitraer Bergland aufscheint. Alle Waldviertler mit diesem Familiennamen zählen zu wollen, wäre heute ein schwieriges Unterfangen.

Neben dem gewerbsmäßig betriebenen Weberhandwerk, vor allem in Städten und Märkten, gab es in fast allen Dörfern die Bauernweber, die ihre Leinwand selbst herstellten. Das zum Weben nötige Garn wurde in einem gesonderten Arbeitsgang hergestellt. Dafür gab es sogenannte „Haarstuben", die jeder Einwohner kostenlos benützen durfte. Sie bestanden aus einem gemauerten Ofen, in dem der Flachs („Haar") geröstet wurde. An diesen Ofen war ein Schupfen angebaut, wo die anderen „Haar"-Arbeiten, wie Rüffeln, Rollen, Flachten, Brecheln, Hecheln usw., verrichtet werden konnten. Neben dem von alters her eingeführten Flachsbau gab es auch eine Zucht von Landschafen. Hier waren es vor allem die Grundherrschaften, die sich seit dem 17. Jahrhundert große Schafherden hielten, was zu häufigen Klagen der Bauern, denen wertvolles Ackerland verlorenging, führte. Um 1820 hielten die Herrschaften Litschau noch immer 2125 und das Stift Zwettl 5251 Schafe auf ihren Weiden und Brachen. Die Weberei als Erwerbszweig lebte besonders auf, als man um 1725 mit der Verwertung der aus Übersee eingeführten Baumwolle begann. Zu Beginn des 19. Jahrhunderts vermeldet die „Landeskunde des Erzherzogtums unter der Enns" allein in Großpertholz und Umgebung 587, um Kirchberg am Walde 584 und um Weitra sogar 1851 Personen, die Baumwoll- und Flachsspinnerei als Haupterwerbszweig ausübten. Außerdem suchten viele Kleinhäusler dieser Gegend einen bescheidenen Nebenerwerb, so daß im oberen Waldviertel um 1812 rund 3700 Spinner und Weber gezählt werden konnten, wobei oft ganze Familien diesem Erwerb nachgingen.

Wie bei allen Handwerkszweigen, so waren im Mittelalter auch die Weber in Zünften straff zusammengefaßt. Bereits 1595 erwähnt das Urbar der Herrschaft Gmünd die Weberzunft und Hausweber in der Stadt selbst. In einem Verzeichnis aus dem 17. Jahrhundert werden zahlreiche Webermeister angeführt, die wohlhabende Bürger und Hausbesitzer waren. Neben Gmünd werden noch Litschau, Heidenreichstein, Schrems, Kirchberg am Wald, Weitra und Großpertholz als Sitze von Weberzünften urkundlich überliefert. Die bedeutendste unter ihnen war die „Hauptlade" zu Weitra, zu der in der Mitte des 18. Jahrhunderts 152 Meister in 30 umliegenden Ortschaften gehörten. Auch in Heidenreichstein, dem heutigen Zentrum der Textilindustrie im oberen Waldviertel, befand sich der Sitz einer alten Weberzunft, deren Bereich 20 Orte mit 119 Meistern umfaßte. Die Weberzunft zu Großpertholz, zu der 18 Orte gehörten, wurde 1643 sogar mit einem kaiserlichen Schutzpatent „die Lein: Maßelein: Parchet und Zeug: Weber in Aigen Großperchtholz Betreff" bedacht. Die Webermeister dieses Marktes galten als besonders wohlhabende Leute, bei denen sich die Bauern vielfach Geld ausborgten.

Nach der bestehenden Zunftordnung, zu deren Befolgung alle Mitglieder strengstens verpflichtet waren, lag die Leitung der Zunftgeschäfte in den Händen der Zunftvorsteher, die alljährlich an einem besonderen „Jahrtag" (Jahresversammlung) frei gewählt wurden. Sie waren die sogenannten „Fünfmänner", unter denen wir gewöhnlich den „inwendigen" und „auswendigen" Zunft- oder Viertelmeister zu verstehen haben. In den Schriften der Weberzunft zu Großpertholz finden wir neben dem „Vorsteher" und dem „Untervorsteher" noch vier Ausschußmitglieder namentlich angeführt. Die Zunftausschüsse vertraten die Interes-

Der Webstuhl steht im Haus. Heimarbeit im Waldviertel

sen der Mitglieder nach außen hin und hatten auch das Recht, Verstöße gegen die Zunftordnung zu bestrafen und Geldbußen zu verhängen. Die Mitglieder der Zunft zahlten vierteljährlich ihre „Auflage" (Mitgliedsbeitrag) in die Zunftlade, in der auch die wichtigsten Urkunden aufbewahrt wurden. Die Zünfte waren nicht nur wirtschaftliche Organisationen, sondern sorgten auch für das leibliche Wohlergehen der Gesellen und „Knappen" (Lehrjungen). Sie waren auf Wahrung von Sitte im weitesten Sinne ihrer Bedeutung sowie auf „Ehrsamkeit" bedacht, was sich in den ständig wiederkehrenden Redensarten, wie „ehrsame Weberzunft" oder „ehrbarer Meister", in jeder Urkunde oder jedem Zunftbrief widerspiegelt.

Neben diesen in der Zunft organisierten Webermeistern gab es noch solche, die ihr nicht angehörten, sondern als sogenannte „Störer" arbeiteten. Diese Wanderweber kamen zumeist nach beendetem Getreidedrusch mit ihrem Handwerkszeug in die Bauernhäuser, wo sie während ihrer Arbeitszeit verpflegt und untergebracht wurden und nach erhaltener Entlohnung wieder weiterwanderten. Begreiflicherweise waren diese „Störweber" den in den Zünften organisierten Meistern ein Dorn im Auge. Erlitten doch die Weber in den Städten und Märkten erhebliche Einbußen an Verdienst und konnten mit den Störern, die keine Zunftabgaben leisteten, auch preislich schwer konkurrieren. Besonders aufgebracht waren die Zunftgenossen, wenn sich ein Außenstehender in den Zwischenhandel einschaltete und die „ertheilte Freyheit der Garnhandler" gröblich mißachtete. So wird zum Beispiel in einer ausführlichen Klageschrift aus dem Jahre 1797 der Weberzunft von Großpertholz, welche die Interessen von 87 Meistern vertrat, an den zuständigen Grundherrn geschildert, wie ein gewisser Georg Grassauer aus Langschlag, seiner Profession nach ein Maurer (!), sich „des unbefungten Garnhandels befleißige" und das Rohmaterial bei den Bauern direkt beziehe, wodurch den befugten Webermeistern und Garnhändlern ein großer finanzieller Schaden erwachse.

Nach 1820 tauchten die ersten Spinnmaschinen auf, die die Handspinnerei bald in den Hintergrund drängten. Schon 1823 errichteten zwei Italiener in Hoheneich bei Gmünd eine Baumwollspinnerei großen Formats, die auf 15 Maschinen und 2460 Spindeln jährlich 10.400 Einheiten Garn herstellte.

Bis zu Beginn des Ersten Weltkrieges ging der Flachsbau ständig zurück, nachdem er schon vorher seine Bedeutung verloren hatte. Dementsprechend sind seither auch die gewerbsmäßig betriebenen Hauswebereien verschwunden und haben ihre Aufgaben den großen Industrieunternehmungen oder den kleineren Fabriksbetrieben überlassen, die zahlreiche Arbeiter beschäftigen oder ihre Aufträge als Heimarbeit vergeben.

Mit Notenfeder und Kochlöffel

Der Komponist Franz von Suppé ließ sich in Gars nieder

Die Anfangstakte des Liedes „O du mein Österreich“ prangen neben einer Lyra und zwei allegorischen Statuen über dem Torbogen des im dalmatinischen Stil erbauten Suppé-Landhauses in Gars am Kamp, Kremser Straße 40. Obwohl dieses Lied vor 125 Jahren entstand und bei der Uraufführung am 13. November 1848 im Theater an der Wien ausgepfiffen wurde, war es später neben dem Kaiserlied zur zweiten patriotischen Volkshymne geworden. Franz von *Suppé* schrieb die Musik zum romantischen Märchenspiel „'s Alraunl“, Text von Baron Klesheim, mit dem Couplet „Dort, wo jetzt fest und g'wiß / Eine neue Ära is', / Die Zukunft rosig malt. / Wo nicht kanalisiert / Und schlecht gepflastert wird, / Wo im Finanzportefeuille / Is' oft kein Kreuzer drin, / Das ist mein Österreich, / Wo ich geboren bin, / Das ist mei' Vaterstadt, / Mein liebes Wien.“

Lebensmut und Daseinsfreude, diese beiden Weggenossen Suppés, erklingen in seinen Werken. Bis er zum gefeierten Dirigenten und Komponisten emporsteigen konnte, mußte er aber viele harte Rückschläge erleiden. Als er nach Gars kam, hatte er den künstlerischen Höhenflug schon erreicht. Von der Enge und Hast der Großstadt bedrückt, suchte er schon lange eine ideale Sommerfrische. Da empfahl ihm Eduard *Kremser*, der Chormeister des Wiener Männergesangvereines, das „schöne Gars im Kamptal“. 1876 kam er mit Frau und Dienerschaft per Bahn nach Eggenburg und auf einer Pferdekutsche nach Gars. Im Sommerhaus Haangasse 27, am waldigen Ufer des Teichwiesenbaches, bezog er das Quartier und verbrachte dann in der Folge drei Sommer glücklich und zufrieden. In einem Aufsatz in der „Neuen

Freien Presse“ vom 8. Juni 1900 lesen wir unter „Erinnerungen an Suppé“. Er wollte gerne dem aufregenden, nervösen Milieu des großstädtischen Theaterlebens entfliehen. So wurde er nach Gars verschlagen, das im Waldviertel liegt, zwischen Bergen eingebettet. Reizender konnte ein Komponist sich das nicht wünschen. Er mochte tagelang herumsteigen, bergauf, bergab in die benachbarten Dörfer, er fand niemanden, der mit ihm über Theater sprach, keinen, der sich nach seinen Operetten erkundigte. Bald kaufte er zwei Bauernhäuser, baute alljährlich ein bißchen daran herum. Auf einmal so viel Geld auszugeben, dazu hatte Suppé, in dem immer der berechnende Italiener steckte, kein Herz. Allmählich stand an der Stelle der Hütten ein stattliches Herrenhaus, und das grüne Feld ringsum war ein schöner Park geworden. Eine Lyra schmückt die Stirnfront des Hauses, welches zu Ehren seiner treuen Gattin Villa Sophia genannt wurde.

Nun war er Herr einer eigenen Scholle geworden. Im großen Arbeitssaal dieses Landhauses, nach südlicher Art mit Steinpflaster versehen, saß nun der Maestro — wie er sich immer ansprechen ließ — beim Klavier oder Schreibtisch; vor ihm eine Schnupftabakdose, aus der er abwechselnd eine volle Prise nahm. Am Gürtel des langen grauen Schlafrockes hingen zwei große blaue Taschentücher. So arbeitete er und schrieb in beängstigender Eile Bogen um Bogen mit Notenköpfen voll.

Im „Sophienheim“ ist heute eine große Küche erhalten, in der einst der „Feinschmecker Suppé“ statt der Notenfeder den Kochlöffel schwang und die Zubereitung seiner gewünschten Speisen überwachte oder selbst auch Hand anlegte, wenn die Köchin versagte. Er pflegte kultivierte Tischfreuden und lud oft Gäste zu sich. Gemeinsam mit seiner Gattin stellte er eine Speisenkarte für ein Jahr zusammen.

Das Vestibül seines Landhauses mit den farbigen Glasfenstern verwandelte Suppé zuweilen in eine Hauskapelle. Von den Geheimnissen der Religion durchdrungen und im Gedanken an das Jenseits ließ der Meister hier einen Katafalk aufstellen, verharrte in stiller Andacht und stimmte dann in kräftigem Bariton das „Dies irae“ aus seinem Requiem an. Seine Kirchenkompositionen, heute weniger bekannt, umrahmten sein Leben, sie waren Anfang und Ende seines künstlerischen Schaffens. Wie Mozart setzte auch er in einer Totenmesse die letzte Note.

Trotz seines oft ungebundenen Künstlerlebens verlief die Tagesarbeit, auch im Urlaub zu Gars, nach einer bestimmten Ordnung. Er war ein Frühaufsteher und saß von 7 bis 13 Uhr am Notentisch oder schwang bei einer Probe den Taktstock — war er doch 42 Jahre lang Theaterkapellmeister. Anschließend an das

Das Wohnhaus des Komponisten Franz von Suppé in Gars am Kamp

Mittagessen folgte die Siesta bis 17 Uhr, er nannte es „un piccolo riposo". Falls ihn keine Verpflichtungen ins Theater riefen, widmete er den Abend der Erholung oder dem geselligen Vergnügen.

In Wien war er als *Ritter Knauf* Mitglied der „Grünen Insel", einer Vereinigung für Freundschaft, Kunst und Menschlichkeit, die bedeutende Männer wie Castelli, Grillparzer, Gauermann, Fernkorn, Hansen, Alt umfaßte. In Gars saß er gerne im Gasthof Bruckmüller „Zum Weißen Rössel" (später „Hotel Kamptalhof"), geachtet und verehrt nicht nur als Stammgast von der Tischrunde, sondern auch von allen Einheimischen und auch von den zahlreichen Sommergästen.

Sein Hauptwerk „Boccaccio", Opera buffa in drei Akten, Text von F. Zell und R. Genee, entstand in Gars; eine Gedenktafel im ersten Sommerquartier am Haus Haangasse 27 erinnert daran. Sicher zeichnete Suppé in Gars noch andere Kompositionen auf, da er ja durch 16 Jahre hier regelmäßig seinen Sommerurlaub verbrachte. Am 18. April 1895 feierte er noch im „Sophienheim" seinen 75. Geburtstag (er hatte eigentlich schon das 76. Lebensjahr vollendet; Suppé setzte nämlich sein Geburtsjahr irrtümlich um ein Jahr später mit 1820 fest).

Der sonst so gesunde Hüne war aber schon von einer bösen Krankheit gezeichnet; nun wollte er hier, in der frischen Luft des Kamptales, Erholung und Besserung finden, doch vergeblich. Am 3. Mai kehrte er nach Wien zurück und 18 Tage später starb er. Der Nachwelt hat er einen reichen Schatz — 448 opera —, eine große musikalische Ernte seines Lebens, hinterlassen. Viele seiner Melodien sind bis heute, nach fast einem Jahrhundert, unsterblich geblieben.

Gars hat nun das Andenken an den „Genius Loci" für die Nachwelt erhalten. Die Marktgemeinde hat im „Sophienheim", dem ehemaligen Suppé-Landhaus in der Kremser Straße, den Grünen Salon als Suppé-Gedenkstätte eingerichtet. In dieser Gedenkstätte befinden sich Möbel, Bilder, Notenblätter und sonstige Erinnerungsstücke an den Komponisten.

Gars ist ein lohnendes Ziel, nicht nur für die Freunde der „leichten Muse". Gibt es doch in dem stattlichen Markt auch noch eine Fülle von anderen Sehenswürdigkeiten, wie etwa das Renaissance-Rathaus, die Pfarrkirche und den Pfarrhof sowie die barocke „Pestkapelle".

Gatter zwischen Krems und Mautern

Die Geschichte eines Donauüberganges

Straßen und Brücken werden zwar von den Menschen gebaut, doch ihr Verlauf und ihre Lage werden in den meisten Fällen von der Natur vorgezeichnet. So ist es auch mit den Donaubrücken in Niederösterreich. Der erste feste Übergang über den Strom wurde, wenn man die Römerzeit unberücksichtigt läßt, im Jahre 1439 in Wien errichtet. Wenige Jahre später erhielten die Städte Krems und Stein das Privileg, einen festen Donauübergang zu bauen. Und am 3. März des Jahres 1497 ließ Kaiser *Maximilian,* der letzte Ritter, den Linzern verkünden, daß „... wir Euch ain Bruckhen über die Tunnau bey Euch zu machen und davon ainen Zol zu nemen gegunnt haben". Auf Grund dieses Privilegs wurde die alte Linzer Holzbrücke als dritte Donaubrücke auf österreichischem Boden erbaut.

Der berühmte deutsche Aufklärungsschriftsteller und Weltenbummler, Friedrich *Nicolai,* schreibt in seinen Reiseberichten im Jahre 1781 über die österreichischen Donaubrücken: „Es macht einen sonderbaren Anblick, daß über einen so breiten und schnellen Fluß, wie die Donau ist, so gar leichte hölzerne Brücken gebaut sind. Diese bestehen bloß aus fünfzehn bis dreißig einzelnen, etwa 30 Fuß voneinander abstehenden Jochen, deren jedes aus etwa sechs oben durch einen Querbalken verbundenen Pfählen besteht, die nicht einmal Eisböcke haben; die Pfähle ragen wohl an zwanzig und mehr Fuß aus dem Wasser in die Höhe ... Diese leichten Brücken halten indes den stärksten Stoß des Wassers sehr gut aus. Bloß bey sehr starkem Eisgang werden die Bohlen abgetragen."

Diese Notiz hat Nicolai wohl in sein Reisetagebuch eingetragen, als er auf einem „Hohenauer“ die alte Holzbrücke zwischen Krems-Stein und Mautern passierte. An der gleichen Stelle, wo seit dem Jahr 1463 eine hölzerne Brücke den Strom überspannte, befand sich, solange Menschen die Donauufer am Ausgang der Wachau bewohnten, eine bekannte Furt. Am Nordufer des Stromes befindet sich heute noch ein mächtiger Bau, der *Förthof*, der an diese Zeiten erinnert. Diese Rotte hieß bis in das 15. Jahrhundert *Urvar;* sie wird 1220 erstmalig urkundlich erwähnt. Die Sage schreibt die Gründung des Förthofes keinem Geringeren als *Karl dem Großen* zu, der während seines Kriegszuges gegen die *Awaren* knapp vor 800 in diese Gegend gekommen war.

Die Bedeutung dieses Platzes, an dem heute die Brücke steht, wird schon in römischen Geschichtsquellen unterstrichen. Zur Römerzeit war das heutige Mautern ein Militärlager, an das sich eine größere Zivilstadt anschloß. Das heutige Stein war im fünften Jahrhundert, als der heilige *Severin* in Mautern wirkte, wahrscheinlich Königssitz der germanischen *Rugen.* Bei Mautern kommt eine uralte Eisenstraße an den Strom. Diese führt durch das Kamptal nordwärts in den böhmischen Raum. Wenn die Lebensbeschreibung des heiligen Severin auch oft von räuberischen Überfällen erzählt, so finden wir immer wieder Stellen, die über einen regen Handel, der den Strom überspannte, berichten.

Knapp bevor die Magyaren das Donauland überschwemmten, zwischen 903 und 906, erfahren wir von einem handels- und verkehrspolitisch äußerst wichtigen Dokument, das die Bedeutung Mauterns als Zollstätte und Handelsplatz unterstreicht. In der sogenannten Raffelstätter Zollordnung wird Mautern als der wichtigste Zoll- und Handelsplatz gegen den Osten bezeichnet. Im elften Jahrhundert wird auch Krems an der Donau bereits als blühende Handelsstadt erwähnt.

Es ist daher nicht verwunderlich, daß zwischen Mautern und Krems-Stein nur 24 Jahre nach der ersten Donaubrücke in Österreich bei Wien im Jahre 1463 der zweite feste Donauübergang gebaut wurde. *Friedrich III.*, der Vater Kaiser Maximilians, über den die Historiker berichteten, er habe zwar lange regiert, für Österreich aber nur wenig Bleibendes geschaffen, gab den Auftrag zu diesem wichtigen Brückenschlag. Vielleicht waren die politischen Erfolge dieses Herrschers wirklich gering, obwohl sein Sohn Maximilian manches ernten konnte, was der bedächtige Vater gesät hatte.

Das hölzerne Gatter bei Mautern bestand im Jahre 1800 aus 29 Jochen. Damals befand sich vor dem Südufer des Stromes eine langgezogene Insel. Zwischen dieser Insel und dem Stromufer standen drei Joche, auf der Insel sieben und im Hauptstrom 19.

Alter Stich mit dem Donauübergang zwischen Krems (rechts) und Mautern (links im Bild)

Kaiserin *Maria Theresia* ließ im Jahre 1771 die ersten größeren Stromregulierungsarbeiten durchführen. Als Folge dieser Maßnahmen verschwand im Laufe der Jahrzehnte die Insel bei Mautern, so daß im Jahre 1866 die Brücke nur mehr zwanzig Joche aufwies. Rund zwei Kilometer oberhalb der Brücke entstand bei Hundsheim als Folge der Regulierung in den letzten Jahrzehnten eine neue Insel, die von Jahr zu Jahr größer wird.

Wie in Wien und Linz spiegelt auch das Schicksal der Mauterner Holzbrücke die ganze wechselvolle Geschichte des Landes. 1683 wurde das hölzerne Gatter wegen der Türken, 1741 wegen der Bayern, 1805 und 1809 wegen der Franzosen und 1866 wegen der Preußen verbrannt oder abgetragen. 1945 wurden zwei der vier Joche der Eisenbrücke, die 1893 die Holzbrücke ablöste, von der Deutschen Wehrmacht gesprengt. Noch viel öfter wurde der Stromübergang ganz oder teilweise von Hochwasser oder Eisgang vernichtet. Doch stets lag in einem eigenen „Bruckstadel" genügend Langholz zum Neubau bereit.

Wie in Wien und Linz bestand auch bei Mautern ein eigener Lotsendienst, der die Schiffsleute durch das hölzerne Gatter der Donaubrücke schleuste. Als sich die Unglücksfälle häuften, wurde nämlich schon im Jahre 1691 von höchster Stelle dekretiert, daß die Schiffe oberhalb der Brücke anlegen und „alhieig der Bruckhen wollkundig Schüffleuth“ an Bord nehmen mußten. Dieser Lotsendienst mag die Urfahrer wenigstens zum Teil für ihre durch die Einstellung des Fährdienstes erlittenen wirtschaftlichen Verluste entschädigt haben. Aus den Fährleuten wurden Brückenlotsen. Schon frühzeitig wurde die Brückenmaut gegen eine entsprechende Kaution und ein Jahrespauschale an Privatleute verpachtet.

Als ab 1837 die Dampfschiffe den Strom befuhren, mußten einige Holzjoche durch eine leichte Eisenkonstruktion ersetzt werden, denn die Holzpfeiler standen für die Dampfer zu nahe beieinander. Trotzdem ereigneten sich oft Unglücksfälle. 1884 legten sich drei Frachtdampfer quer vor die Joche und sanken. Dadurch wurde der Schiffsverkehr für drei Monate unterbrochen.

Vor 85 Jahren, im Jahre 1893, wurde dann die große Stahlkonstruktionsbrücke erbaut. Für den Dampferverkehr war damit ein gefährliches Hindernis beseitigt, die Wachau aber war um ein romantisches Wunder mittelalterlicher Technik ärmer geworden.

Beethoven in Gneixendorf

Wo der Meister sein letztes Quartett schrieb

Der Postautobus von Langenlois nach Krems hält kurz in der kleinen, schlichten Ortschaft. Im Kursbuch steht sie als „Gneixendorf (Walzerbrunnen)", was vermuten lassen könnte: irgendwie haben es die Leute hier mit dem Dreivierteltakt zu tun? Aber in Wahrheit hat dieser kleine Ort vor den Toren der Wachaustadt Krems den von Tragik umwitterten Lebensausklang eines großen Musikanten gesehen, der in ganz anderen Rhythmen, in aufwühlenden Akkorden und geradezu weltentrückten Harmonien seine Musik der Welt gegeben hat. In dem bescheidenen, einfachen Landschlößchen Gneixendorf hat Ludwig van Beethoven den Anfang zum Finale seines Lebens empfunden, durchlitten und auch das in Melodien geschildert. Denn hier in Gneixendorf hat er sein letztes Quartett geschrieben ...

Am 26. März 1827 ist er während eines tobenden Gewittersturmes über Wien in seinem Wohnhaus Schwarzspanierstraße Nr. 15 gestorben. Beethoven hatte viele Beziehungen zu Niederösterreich. Herrliche Kompositionen haben dem einsamen, tauben Tonmeister beglückende Tage im Wienerwald geschenkt.

„Nur einige Tage in dieser göttlichen Briel", lesen wir in Beethovens Aufzeichnungen über ihn so erquickende Spaziergänge in der Hinterbrühl. In Mödling schrieb er an seiner „Missa solemnis", und die Kurstadt Baden bleibt für immer verbunden mit Beethovens IX. Symphonie. In einer kleinen Sommerwohnung bei einem Schmiedemeister „einlogiert", hat der begnadete Musikant im heute noch pietätvoll gepflegten Hause Rathausgasse 10 als jubelnden Schlußchor zu seiner „Neunten" Schillers

„Ode an die Freude“ vertont: „Freude, schöner Götterfunken ...“

Aber Beethoven in Gneixendorf? Die wenigsten Musikfreunde haben je von diesem Ort gehört, der eigentlich durch Beethovens Bruder Johann zu der Ehre gekommen ist, in die Musikgeschichte einzugehen. Wir haben eine kleine Gedenkreise dorthin gemacht, wo der große Komponist die letzten Herbstwochen seines Lebens verbrachte, erfüllt von Kummer und Sorgen um seinen geliebten Neffen Karl van Beethoven. Der Meister war im Jahre 1815 nach dem Tod seines jüngeren Bruders Karl nach dessen letztwilligem Wunsch zum Vormund des gleichnamigen Sohnes des Verstorbenen bestellt worden. Er hatte diese Aufgabe zu teilen mit der den Freuden des Lebens überaus zugetanen Mutter des Buben. Von Anfang an gab es um die Erziehung des Mündels Differenzen zweier völlig verschiedener Naturelle. Als 1820 der Witwe van Beethoven die Vormundschaft gerichtlich aberkannt wurde, wandte sich der Onkel Ludwig mit wahrhaft väterlicher Liebe und Sorge mit aller Kraft der Ausbildung des jungen Mannes zu.

Aber auch Karl hatte ein sehr schwieriges Temperament. Deshalb wollte sich Beethoven im Jahre 1826 mit seinem anderen Bruder, dem Apotheker Johann van Beethoven, in dieser wichtigen Familienangelegenheit beraten. Er reiste aus diesem Grund nach Gneixendorf, wo der wohlhabend gewordene Johann das herrschaftliche Schloß mit dem Gut im Jahre 1820 erworben hatte.

Recht nachdenklich stehen wir vor dem ein wenig abseits von der Straße gelegenen Schloß, das sich heute als charakteristischer Landsitz aus den Tagen von „Euer Gnaden“ zeigt. Ein kleiner vierkantiger Turm mit gestaffeltem Spitzdach krönt das schlichte Eingangsportal. Der Bau erinnert an eine Art aufgestockten stattlichen Vierkanthof. Die Schmucksimse über den Fenstern zeigen einfaches Barock mit rustikalem Einschlag. Nach alten Urkunden gehörte der Landsitz als ursprüngliches Wasserschloß dem Stift Baumgartenberg; „der Wasserhof“ heißt es in verschiedenen Dokumenten. In seiner heutigen Form wurde Schloß Gneixendorf in den Jahren 1725 bis 1730 erbaut. Die Scheinsäulengliederung der Fassaden im Geschmack jener Zeit gibt dem Bauwerk das Aussehen eines in Ehren ergrauten, aber nunmehr in bescheidenen Verhältnissen lebenden Landedelmannes.

Die Annahme, daß Beethoven im Schloßgebäude selbst gewohnt hat, ist umstritten. Dieses ist auch heute in Privatbesitz und kann daher nicht besichtigt werden. Wohl aber wird in einem nahegelegenen Stöckl (Haus Nr. 6) von den Bewohnern ein

Schloß Gneixendorf bei Krems

„Beethovenzimmer“ mit einigen interessanten Einrichtungsstükken und Erinnerungen betreut, das Besuchern gerne gezeigt wird. Dieses Gebäude gehörte früher einmal zum Schloß.

Aus einem Brief Beethovens an seinen Verleger Schott wissen wir, daß der Schöpfer der „Eroica“ und des „Fidelio“ — trotz des unerfreulichen Verhältnisses zu den Verwandten — sein letztes Glück in Gneixendorf empfunden hat. Die vom Donautal ansteigende Landschaft erinnerte ihn an seine rheinische Heimat, in die er noch einmal so gerne zurückgekehrt wäre. Der Meister schrieb erfreut von seinen Spaziergängen, die ihn sogar bis nach Langenlois über die Weinberge geführt haben, und lobte manchen auf solchen Wanderungen bei einem Weinhauer oder in einem Dorfgasthaus genossenen guten Tropfen.

Aber dennoch hat Beethoven bei diesen Wochen in Gneixendorf auch die Angst vor dem nahenden Ende, die Melancholie der Einsamkeit und die verzehrende Sehnsucht nach Güte und Liebe empfunden. Dies alles klingt aus Musikschöpfungen, wie etwa dem Schlußrondo zu seinem dem Fürsten Gallitzin gewidmeten B-Dur-Quartett oder aus den Entwürfen zu seiner X. Symphonie. Denn auch mit dieser Komposition, die unvollendet bleiben mußte, hat sich Beethoven in Gneixendorf befaßt.

Er fühlte sich krank und elend, als er Anfang Dezember, nach ergebnislosen Versuchen, den „Schloßbesitzer" Johann für das Schicksal des Neffen Karl zu interessieren, nach Wien zurückkehrte. Die Reise ging mit einem geradezu miserablen Fuhrwerk bei schlechtestem Wetter vonstatten. Beethoven war ein schwerkranker Mann, der schließlich am 23. März 1827 sein endgültiges Testament gemacht hat. Tags darauf empfing er die Sterbesakramente, und zwei Tage später hatte er nach kurzem Todeskampf ausgelitten.

Seine letzte Musik aber hat ihm eine Landschaft in Niederösterreich gegeben: die stille Welt um das alte Schloß Gneixendorf! Wo auch das Wort des Dichters gilt: „Die Stätte, die ein guter Mensch betrat, sie ist geweiht für alle Zeiten . . ."

Das Haus mit dem Napoleonhut

Reminiszenzen im Schloß Luberegg an der Donau

Die grauhaarige Dame wirft mir einen ernsten, skeptischen Blick zu. „So, im Bundesdenkmalamt hat man Ihnen verschiedene Hinweise gegeben? Ja, wenn mir das Bundesdenkmalamt auch nur helfen tät'!" Wir stehen im Stiegenaufgang des kleinen Schlosses Luberegg am nördlichen Donauufer, schräg gegenüber von Melk. Bei der Anfahrt von der Fähre her hatte ich schon die eigenartig pittoreske, von wuchtigen Dachformen und Kaminen bestimmte Kontur der originellen Anlage gesehen, beim Eintritt hatte ich das schöne klassizistische Türgitter bewundert und war nun sehr gespannt auf den geräumigen Mittelsalon des Obergeschosses mit einem Interieur, an dem seit den Tagen des *Kaisers Franz* nicht viel verändert wurde.

Der große Salon ist bezaubernd. Elegante, schmale Vergoldung zeichnet die Türfüllungen auf dem weißen Lack ab, darüber Supraporten mit spielenden „Kindeln". Sie stammen vom gleichen Dekorationsmaler, der die Leinenbespannungen der Wände mit „höchst anmuthigen" Darstellungen zierte, um es in gebotenem Stil zu sagen. Er hieß G. G. *Ablasser* und schuf für Luberegg diese empfindsamen Berg- und Flußlandschaften, in denen sich allerlei Volk mit schäferhafter Heiterkeit ergeht. Man muß es ihm lassen, dem Meister Ablasser, er verstand es, hübsche kleine Genreszenen in seine idealen und dennoch heimatlich nahen Felder und Fluren zu setzen. Die beiden zylindrischen weißen Öfen des Raumes könnten als Musterbeispiele des Klassizismus in jeder Stilkunde figurieren. Aus späterer Zeit stammt der Lobmeyr-Luster, aber es paßt zu der Atmosphäre des Salons, daß er mit Wachskerzen besteckt ist.

Als Anton Friedrich *Reil* 1835 sein „geographisch-historisches" Werk „Das Donauländchen der kaiserlich-königlichen Patrimonialherrschaften" herausgab, betonte er, Lubereck — so schrieb man den Namen damals — sei das jüngste Schloß des ganzen Gebietes. Und eigentlich ist es gar kein Schloß im herkömmlichen Sinn, sondern eine locker in einer Zeile aufgefädelte Gruppe ländlicher Häuser, deren schlichter zentraler Baukörper durch Aufsetzen eines Stockwerks mit großzügiger Raumteilung und eine beherrschende, gestufte Dachkonstruktion sozusagen nobilitiert wurde. Das Portal mit den sandsteinernen Karyatiden verstärkt noch diesen Eindruck, zugleich geben die dunklen Holzschindeln, mit denen vom First bis ins Obergeschoß fast alles gedeckt und verkleidet ist, dem Ganzen seine eigene Note. Ein Schlössel wie ein Haydn-Quartett instrumentiert.

Die Geschichte von Luberegg beginnt mit einem Großgrundbesitzer des ausgehenden 18. Jahrhunderts: Joseph *von Fürnberg*. Er richtete auf dem nahen Weitenbach eine Holztrift für das auf seinen Waldviertler Gütern geschlägerte Holz ein. Wirtschaftsgebäude und ein Landhaus vervollständigten die Niederlassung. Doch 1795 veräußerte Fürnberg seine nördlich der Donau gelegenen Liegenschaften. Als Käufer trat Peter Freiherr *von Braun* in Erscheinung, Hoftheaterintendant und exzentrischer Schloßherr von Schönau an der Triesting. Kaum war die Tinte auf dem Kaufvertrag trocken, erwirkte er eine Audienz bei Kaiser Franz und bot ihm als Zwischenhändler das soeben erworbene Schloß an. Braun hatte ein volkswirtschaftlich nicht zu unterschätzendes Argument parat: er rechnete dem Monarchen vor, daß der jährliche Ertrag der Fürnbergschen Wälder — 30.000 Klafter — zusammen mit den 40.000 Klaftern des landesfürstlichen Waldamtes die Hälfte des Brennholzbedarfs von Wien decken könnte. Wodurch, so betonte Braun, der leidige Wucher beim Holzhandel unterbunden würde. Kaiser Franz fand diese Erörterungen einleuchtend, kaufte Luberegg und die anderen Besitzungen und nahm die Holzversorgung seiner Wiener in eigener Regie in die Hand.

Das Inspektorat wurde nach Luberegg verlegt, das Landhaus wurde umgebaut, erweitert und erhielt das charakteristische Dach, das man dann bildhaft als *„Napoleonhut"* bezeichnete. Zwei sonderbare Rundtürme, unmittelbar am Donauufer vor dem Schlößchen, markierten den Lagerplatz. Sie sind noch erhalten, wenn auch verwittert. Sie gelten, wie der bekannte Kunsthistoriker Dr. Franz *Eppel* hervorhebt, als kulturgeschichtliche Kuriosa, für die es im Land keine Vergleichsbauten gibt. Wahrscheinlich dienten diese Luberegger Türme als Träger von Leuchtfeuern.

Schloß Luberegg, in welchem Kaiser Franz I. in den Jahren 1803—1812 jährlich mehrere Wochen verbrachte

Manchmal versammelten sich auch Musikanten auf den Plattformen und bliesen die Festfanfare zum Empfang des Kaisers. Denn der kam seit dem Sommer 1803 alljährlich in das Schlössel, das seiner schlichten, im Grunde durchaus bürgerlichen Lebenshaltung entsprach. Unter der großen, schirmenden Dachhaube war er „in philosophischer Genügsamkeit, stiller Zurückgezogenheit und heiterer Laune" Privatmann wie in Laxenburg oder im geliebten Baden. Weite Fußwanderungen durchs Revier, Fahrten zum kaiserlichen Schloß Persenbeug und hausväterliche Stunden unter den Holzknechten und Schiffsleuten am Ufer wechselten mit ernsten staatspolitischen Gesprächen, in denen vielleicht hier in Luberegg, um es mit einem Wort Felix Saltens zu sagen, Österreichs Geschick „ein bißchen entschieden" wurde.

Der Kaiser mußte Krieg führen, und so sollte auch das Haus mit dem Napoleonhut sein Teil von der Weltgeschichte bekommen: 1805 ging's noch glimpflich ab, aber vier Jahre später kartätschten die Franzosen von Melk herüber. Doch 1810 bezog Franz I. wieder seine Sommerfrische. Die lokale Überlieferung berichtet zudem, der *Herzog von Reichstadt*, der Sohn Napoleons, habe sich öfter in Luberegg aufgehalten und sei einmal sogar bei einem schweren Anfall vom Priester versehen worden.

Unter den Glasfenstern der romantischen Franzensburg im Laxenburger Park befindet sich auch eine Vedute von Luberegg, aber schon im Biedermeier versank der Ansitz an der Donau unter seinen Schindeln in die Stille. In den Kriegsjahren 1859 und 1866 diente er als Lazarett, später pachtete ihn der niederländische Gesandte und feierte im Salon des Kaisers Franz den Krönungstag von Königin Wilhelmina. Und heute ist Luberegg für die meisten kaum mehr als eine flüchtige Impression vor dem Autofenster, einer der vielen reizvollen baulichen Akzente auf der schönen Wachaustraße . . .

Im »goldenen« Weinmarkt am Straßer Bach

Gottes Segen für den jungen Wein

Es ziemt sich meist nicht, von Wasser zu reden, wenn man einen Wein lobpreisen will. Aber bei der alten Marktgemeinde Straß im Straßertal, unweit von Hadersdorf am Kamp, wo im November die offizielle „Weintaufe" der guten Tropfen des Jahrgangs stattfindet, muß man wohl von einem Gewässer reden. Es ist der Straßerbach, an dessen Ufern seit Jahrhunderten Weinbauern siedeln. Und dabei durch die fleißige Arbeit ganzer Geschlechter von Hauern Weine kultiviert haben. Der Weg zu diesem Erfolg war freilich lang und mühsam. Begonnen hat er mit den ersten Rebenpflanzungen im heutigen Gebiet von Straß, die aus dem ferngrauen Jahr 1302 urkundlich vermeldet werden ...

Die Altertumsforscher haben durch Bodenfunde am Hang des heute durch seine ausgezeichneten Rieden am Südhang bestens bekannten Gaisberges jedoch noch ganz andere Dinge ermittelt. Schon in der Hallstattzeit haben Menschen das Straßertal bewohnt! Der Markt selbst wird in einer vergilbten Schenkungsurkunde aus dem Jahre 1083 zum erstenmal als „Straza" erwähnt. Aus dem Jahr 1299 werden Weingärten eines Pfarrers von Falkenberg genannt.

Der Straßerbach hat dem Ort ein hübsches Wahrzeichen gebracht. Es ist die reizvolle kleine Brücke mit der Steinfigur einer Maria Immaculata und einer Laterne auf einem Sockel. Sie führt mit zwei malerischen Bogen hinüber zur stattlichen Pfarrkirche von Straß, die um das Jahr 1638 Mathias Piazoll errichtet hat. Der wuchtige, aber dennoch elegante Turm mit seinem laterngekrönten Barockhelm und die hohe Giebelfassade sind charakteristisch für dieses stimmungsvolle Gotteshaus. So recht dazu passend präsentiert sich daneben der ländlich-behagliche Pfarrhof mit hübschen Giebeltoren in der Gartenmauer.

Wir haben bei unserem Besuch in Straß aber auch den ganzen Ort als eine Art „architektonischen Beweis“ für den Wohlstand der alteingesessenen Hauer- und Weinhändlerfamilien erlebt. Von Bauernfleiß und Bürgerkultur kündet zum Beispiel das Haus Nr. 79 mit seinem hübschen barocken Fassadenschmuck und dem gastlich ladenden Tor. Das Haus Nr. 82 aus dem 16. Jahrhundert erhielt seine umgestaltete Fassade um das Jahr 1800. Hier gefallen besonders die schönen schmiedeeisernen Fensterkörbe, während ein paar Schritte weiter auf Nr. 86 das einstige Bürgerspital noch zwei barocke Bogenfenster zeigt.

Als „Visitenkarte“, die auf Straß als Weinort hinweist, haben wir die malerische Bautengruppe an der Straßenkreuzung nach Hadersdorf empfunden. Ihr Mittelpunkt ist das anmutige spätbarocke Kellerschlößl mit Dreiecksgiebel und Mansardendach. Ein benachbartes altes Kellergebäude mit der Jahreszahl 1772 hat im Lauf der Zeiten gewiß auch so manches „artig Fäßlein“ mit bestem „Straßer“ in seinen Gewölben gehütet. Aber dieses „Gepäu“ ist nur einer der vielen alten Weinkeller. Der da mit seinen 500 Hektar Weingartenfläche an den südlichen Ausläufern des Manhartsberges gelegen nach der Stadt Langenlois die größte Weinbaugemeinde des Bezirkes Krems an der Donau geworden ist.

„Ja, ja, der Straßer — dös is a klasser!“ rühmte jüngst ein kundiger Weinpilger auf gut wienerisch den Wein, der auch im Straßertal zum Martinitag nach altem Hauerbrauch zum „Heurigen“ geworden ist. Ein Vorgang, der im ganzen niederösterreichischen Weinland von Retz bis Vöslau und von Spitz mit seinem Tausendeimerberg bis nach Göttlesbrunn mit dem entsprechenden „Martini-Loben“ gefeiert wird. Daß dabei das Martinigansl ebensowenig fehlen darf wie das erste „Tuschen“ (Anstoßen) mit dem jungen Wein, ist dabei selbstverständlich! Früher wurden bei der Martinifeier auch die Weingartenarbeiter ausbezahlt, die Hauer kredenzten dem ersten Gast, der nach dem „Ausstecken“ des jungen Weines bei ihnen zukehrte, mit einem Segensspruch das erste Viertel gratis!

Von all diesen Dingen haben wir uns bei behaglicher Rast in einem alten Keller erzählen lassen. Da gab es nun Geschichten und Betrachtungen um die Reben und Trauben, die das Straßer Gebiet zu seinen Erfolgen geführt haben. Der Stolz der Hauer ist der weithin sichtbare Gaisberg, von dem die fünf Hauptsorten der Straßer Weißweine kommen. Begonnen haben die Weinbauern

Straß im Straßertal

im Straßertal, als noch vorwiegend der so mühsame Hackbau vorherrschte, mit dem Grünen Veltliner. Später erfuhr man von den guten Erfolgen mit der Traube Müller-Thurgau. Ermutigt durch die ausgezeichneten Erträgnisse, welche die Weiße Burgunderrebe und dann auch die Neuburger Trauben im benachbarten Hadersdorf und in den Weingärten des Kamptales brachten, haben auch die Straßer schon vor langer Zeit ihre Rieden mit diesen Sorten besetzt.

Aber da unternahmen auch Kundschafter eines guten Rotweines Entdeckungsfahrten in das Straßertal. Sie fanden zunächst nur eine bescheidene Erfüllung ihrer Hoffnungen, aber hinterließen gute Ratschläge. Die Straßertaler sind dafür immer zugänglich gewesen. So wurden in den letzten zehn Jahren mit gutem Erfolg viele Rotweinreben ausgesetzt. Vor allem war es die nun häufiger kultivierte Zweigeltrebe.

Für Recht und Gesetz ist im „goldenen" Markt am Straßerbach stets gesorgt. Wir erinnern uns an einen Bildstock, den wir in den Weinbergen in der Dämmerung des aufsteigenden Novemberabends stehen sahen. Der Kalksteinpfeiler mit einem Tabernakelaufsatz und Kreuzbekrönung zeigt auf seinem Schaft ein langes Richtschwert und eine stark verwitterte Inschrift mit der Jahreszahl 1489. So alt ist schon das „Bergrecht" für die Weinberge und Gärten um einen idyllischen Markt am Weg zum Kamptal . . .

Prominenz in Altenberg

Ärzte, Dichter, Patienten — und Tiere in „Lorenz-Hall" an der Donau

Die Bahnstation hat der Ort Altenberg gemeinsam mit dem berühmteren, kühneren Greifenstein. Entlang der Straße gibt's eine Musterkollektion der Villenarchitektur zu sehen: Glasveranden mit grüngestrichenen Laubsägeornamenten, barockisierende Giebel wie in der Wachau, sezessionistische Formen, ja sogar eine veritable opernhafte kleine Burg mit Turm und Zinnenkranz ist wie auf eine Drehbühne hingestellt; Altenberg war ein Dorado bürgerlicher Baulust.

In den letzten Jahrzehnten des vorigen Jahrhunderts hatte der angesehene Wiener Publizist Dr. Zacharias Konrad *Lecher*, Chefredakteur der „Presse" und Präsident der „Concordia", dort ein Sommerhaus. Die Lechers waren eine kinderreiche Familie, drei ungebärdige Buben und vier Mädchen bevölkerten den Besitz, darunter *Bertha*, die Jüngste, von ihren Brüdern burschikos „Peter" genannt. Eines Tages brachten die Söhne einen Schulkameraden mit nach Altenberg, einen sensiblen Jüngling namens Richard *Engländer*. Bertha sehen und sich sterblich in die Halbwüchsige verlieben war für ihn eines. Herr Engländer junior ging bald nach Stuttgart, kam wieder nach Wien zurück, führte ein unstetes Bohemienleben und begann zu schreiben. Als er sein erstes Buch „Wie ich es sehe" veröffentlichte, legte er sich in schwärmerischer Erinnerung einen neuen Namen zu, unter dem er in Wien rasch berühmt werden sollte: Peter *Altenberg*, zwei Worte, gefügt in der Rückschau auf grüngoldene Sommertage an der Donau.

Die älteste der Lecher-Töchter heiratete einen jungen Chirurgen, einen hochgewachsenen jungen Mann mit langem, blondem Vollbart. Er hieß Dr. Adolf *Lorenz*, aus der schlesischen Kleinstadt Weidenau gebürtig. Dieser Arzt, der sich nach ersten „mageren Jahren“ auf das damals noch neue Fach der Orthopädie spezialisierte und bald zur Weltkapazität wurde, als ihm die unblutige Heilung der angeborenen Hüftgelenksverrenkung gelang, war ein Liebling der Götter, ein Kaiser von Äskulaps Gnaden und ein liebenswerter, närrischer Patron obendrein. Begeisterter Sportsmann von kavaliersmäßigem Zuschnitt, hielt er prachtvolle Reitpferde und interessierte sich sofort brennend für alle Sportarten, besonders für das damals in unseren Breiten noch abenteuerlich scheinende „Schneeschuh“-Fahren. Später entdeckte er mit der gleichen Passion das Motorrad und das Auto. Wie nicht anders denkbar, eignete seinem aristokratischen Wesen eine barocke, kühne Baulust, der er die Zügel schießen lassen konnte, als er von der ersten seiner vielen erfolgreichen Amerikafahrten das nötige Kleingeld mitbrachte.

In Altenberg bot sich die ersehnte Gelegenheit. „Meinem Vater schwebte etwas von der Art vor, wie man es in den Bühnenbildern der großen Mozart-Opern sieht oder auf den architektonischen Veduten der Maler des Cinquecento: Weite Hallen mit prunkenden Säulenstellungen und schweren Architraven und Friesen, kühnen Bögen und majestätischen Durchblicken — also ganz das, was ein erfolgreicher Facharzt zum Ausdruck seiner Persönlichkeit im trauten Heim braucht“, stellt Adolf Lorenz in seinem bezaubernden Erinnerungsbuch „Wenn der Vater mit dem Sohne“ in liebevoller Ironie fest.

Großzügig verwirklichte Lorenz seine Phantasien und Pläne, er hatte tatsächlich als Vorbild die kleineren Adelssitze, wie sie Lucas von *Hildebrandt* und *Fischer von Erlach* bauten, im Sinne. Das Ergebnis ist recht imposant: Ein pompöses neobarockes Schmiedeeisenportal mit den Initialen des Hausherrn, den Hang ansteigend ein Garten, halb romantische Landschaft, halb italienischer Park mit Büsten, Balustraden, Arkaden und Karyatiden nach Musikvereinssaalmuster, die die Arme über dem Busen kreuzten. Manche der Bildwerke brachte Lorenz von seinen Italienreisen mit, harmonisch fügte er die Steingeländer der abgebrochenen Wiener Elisabeth- und der Tegetthoffbrücke, die er bei einem Steinmetz günstig erstanden hatte, in die Anlage ein. Bunte Glaskugeln leuchten über den Taxushecken, und an einer gewaltigen Laterne erweist sich, daß die Kunstschmiede der Ringstraßenära gewiß ihr Handwerk verstanden. Bekrönend erhebt sich die Villa, im Stil eines eleganten kleinen Kurhotels erbaut, mit einer großen feudalen Halle und allegorischen Deckengemälden, eine wahre Sommerresidenz, die der Besitzer gern lächelnd „Lorenz-Hall“ nannte. Hierher lud der große Arzt manche

Die einstige „Residenz“ des berühmten Orthopäden Adolf Lorenz in Altenberg an der Donau

seiner Privatpatienten, die er in Wien behandelte, zu Gast: Kinder amerikanischer Millionäre, kleine „Dollarprinzessinnen“, wie man damals sagte, und Sprößlinge exotischer Nabobs. Manche jahrzehntelange persönliche Beziehung wurde so geschaffen.

„Lorenz-Hall“ war in diesen Altenberger Sommern ein gastliches Haus. Wanderstaubig und hungrig nach langem Fußweg setzte sich der berühmte Augenspezialist Ernest *Fuchs,* einer der engsten Freunde der Familie, an den wohlbestellten Tisch, und immer war ein Zimmer mit Blick auf die Donauauen für einen anderen langjährigen Freund bereit: für Dr. Karl *Schönherr,* der in der Villa sein prachtvolles bäuerliches Schauspiel „Erde“ schrieb.

Das Ende des Ersten Weltkrieges stellte Lorenz vor neue schwerwiegende Probleme: Sein Vermögen, in Staatspapieren angelegt, war verloren, doch mit der ihm eigenen Vitalität arbeitete der bald Siebzigjährige weiter, und während eines neuerlichen Aufenthaltes in Amerika begründete er einen „Lorenz-Fonds“, mit dem er Gelder in beträchtlicher Höhe aufbringen konnte, die in Hilfsaktionen während der ersten notvollen Nachkriegsjahre Wiener Kindern zugute kamen.

Das geliebte Haus in Altenberg war weiterhin der Ruhepunkt des Unermüdlichen. Der jüngere Sohn, *Konrad,* hatte im Bereich des Gartens einen Privatzoo voll vierbeiniger und geflügelter Tiere eingerichtet, wo er wohl seine ersten Studien des „Gänsischen“ machte, das er heute als weltbekannter Tierpsychologe und Verhaltensforscher so gut beherrscht, daß ihn schon Gänse für ein absonderlich entartetes Exemplar ihrer Spezies hielten, wie er selbst erzählt.

„Den Hunderter zu erreichen, war eine Weile eine sportliche Idee von mir.“ Diesen echten Lorenz-Ausspruch prägte der 92jährige an einem Wintertag Anfang 1946 in Altenberg. Eine Woche später starb er den sanften Tod eines Glückskindes. Lorenz-Hall, die seltsame Villa der Ärzte, Berühmtheiten und Tiere, hat ihr Gesicht nicht verändert. Sie ist jetzt der „Alterssitz“ von Konrad Lorenz, so prominent wie keiner der Prominenten, die diesen Ort an der Donau besuchten. Denn vor einigen Jahren erhielt er gemeinsam mit dem Bienenforscher Karl von Frisch den Nobelpreis. Ans Ausruhen denkt Lorenz freilich gar nicht. Immer wieder erhebt er, gleich einem biblischen Propheten, seine berufene Stimme, um eindringlich vor Gefährdungen unserer Welt zu warnen. In stillen Stunden aber hält er wie eh und je Zwiesprache mit den „Gefiederten“ und anderem Getier . . .

Kaspar, Melchior, Balthasar an der Donau

Begegnung mit den Drei Königen im Tullner Karner

Der Landschaft zwischen dem Tulbinger Kogel und der Donau hat eine Winternacht feinkörnigen Schnee gebracht. Da und dort hat ihn der Wind um Zäune und auf Dächern zu wunderlichen Gebilden zusammengeblasen, und in den Wäldern und eingewinterten Hausgärten tat der Rauhreif mit in morgendlicher Wintersonne flirrender Pracht das Seine dazu. Es ist so recht ein Tag, um zum Ende der festlichen Jahreswende eine kleine Reise zu Kaspar, Melchior und Balthasar zu machen. Den altüberlieferten „heiligen Königen mit ihrem Stern", wie sie auch heute noch weiterleben im Volksbrauch der Sternsinger. Ziel unserer Fahrt ist die Donaustadt Tulln. Mit dem steinalten Karner neben der Stadtpfarrkirche Sankt Stephan besitzt sie die schönste und wahrscheinlich älteste Gedenkstätte in Niederösterreich für die drei Weisen aus dem Morgenland.

Unsere Fahrt durch die winterlich schweigende Landschaft ist die richtige Vorbereitung zu unserer Begegnung mit dem uralten Bauwerk. Abweisend, fast düster und wie ein riesiges verschlossenes Portal zur Welt, aus der es keine Rückkehr gibt, so mutet der „Tullner Karner" an, der einst eine Taufkapelle war. Urkunden aus dem Jahre 1321 berichten schon von ihm, der in spätromanischer Art mit einem charakteristischen Pyramidendach errichtet ist.

Eine Steintreppe führt zu der säulengezierten Eingangshalle empor, die massive Holztür mit den Eisenbeschlägen und dem mächtigen Schloß knarrt schwer in den Angeln. Nur allmählich gewöhnt sich das Auge an das geheimnisvolle Dämmern, das dann heller wird. Denn sanft fällt das Licht durch schmale Fenster in den hohen zweistöckigen Kapellenraum. Jetzt sehen wir auch die wunderschönen Fresken an den Wänden des Obergeschosses. Sie lassen erkennen, daß Taufe, Seelenheil und ewiges Leben einst der Sinn dieses Bauwerks gewesen sind.

Da knien in diesem „Karner“ Kaspar, Melchior und Balthasar vor der Krippe des Kindes, über welcher der Stern strahlt. Behutsame Hände haben mit großem Kunstverständnis diese Darstellungen in den eigenartigen Farben der romanischen Malerei restauriert. Die einstigen Meister jedoch haben diese Dreikönigskapelle auch noch mit Gleichnissen aus der Heilslehre geschmückt. So ist der Kampf des Erzengels Michael mit dem Teufel zu sehen und die fünf klugen und die fünf törichten Jungfrauen. Auch allerlei seltsame Tiergestalten stellen hier nach Art der romanischen Mystik die Tugenden und die Laster dar.

„O Mensch, gib acht!“ scheint diese Stätte für Kaspar, Melchior und Balthasar uns zu sagen im Sinne alter Kalendersprüche. An den Säulen des Portals dieses einstigen Beinhauses aber sehen wir auch Symbole des mit der Taufe beginnenden Lebens im Sinn des den drei Königen leuchtenden Sterns. Es sind eigenartige Knospenornamente, zart entfaltete Blätter, Rankenwerk und Blütenmotive, gemeißelt von unbekannten Meistern.

Wie aber kam es wohl, daß gerade in der Donaustadt Tulln diese bedeutsame Dreikönigsstätte entstanden ist? Da weiß nun die Legende um die beschwerliche Wanderung der Reliquien von Kaspar, Melchior und Balthasar von Mailand nach Köln am Rhein Seltsames zu erzählen. Der kostbare Schrein mit den sterblichen Überresten der — so berichtet es die Heiligengeschichte — als Märtyrer gestorbenen drei Fürsten wurde einst von Byzanz durch den heiligen Eustorgius im vierten Jahrhundert nach Mailand gebracht. Der deutsche Kaiser Friedrich *Barbarossa* eroberte im Jahre 1162 diese Stadt und nahm die Gebeine der Heiligen Drei Könige als kostbare Kriegsbeute an sich. Um ihren Transport nach Deutschland zu verheimlichen, wurden den Maultieren und Pferden, welche die Wagen mit den Reliquienschreinen über die Alpen zogen, die Hufeisen verkehrt angeschlagen, um die Richtung der Reiseroute zu verwischen! Den Troß selbst führte Rainald von *Dassel*, damals Erzbischof von Köln und Kanzler des Kaisers. In der Rheinstadt wurden dann die Reliquien umgebettet in den großartigen „Dreikönigsschrein“, in dem sie heute noch im Kölner Dom verehrt werden. Diesen Schrein jedoch aus Goldblech, Email und Edelsteinen fertigte derselbe Meister, Nikolaus von *Verdun*, an, der als Schöpfer des großartigen „Verduner Altars“ mit dem Reliquienschrein des Landespatrons Sankt Leopold im Stift Klosterneuburg vielen ein Begriff ist.

Darstellung der Heiligen Drei Könige im Tullner Karner

Historisch ist erwiesen, daß der Abtransport der Reliquien im Jahre 1162 aus Mailand erfolgte. Erst am 23. Juli 1164 trafen sie in Köln ein. Aus Sicherheitsgründen wurden auf ihrer mehr als umständlichen und gefährdeten Fahrt die sterblichen Überreste von Kaspar, Melchior und Balthasar in dem damals wenig bekannten, aber wohlbefestigten Tulln versteckt, wodurch sich die lange Zeitspanne bis zu ihrer Ankunft in Köln erklären soll.

Im Land an der Donau können wir den Heiligen Drei Königen aber auch in Klosterneuburg begegnen. Das Stift besitzt nicht nur eine wertvolle Darstellung der Huldigung zu Bethlehem aus dem Jahre 1520, sondern auch in der Stiftskirche sehen wir an einem der unteren Fenster eine Glasmalerei „Anbetung der Weisen". Auch im Stift Göttweig findet sich ein Meisterwerk über die Anbetung des Kindes in der Krippe. Es ist eine graphische Kopie des eindrucksvollen Dreikönigsbildes, das der berühmte flämische Maler Peter Paul *Rubens* geschaffen hat.

Viel weniger besucht und dennoch so ungemein stimmungsvoll haben wir im alten Stift Ardagger an der Donau, unweit von Amstetten, eine andere Stätte der Verehrung für Kaspar, Melchior und Balthasar gefunden. Es ist die uralte Dreikönigskapelle des einstigen Klosters.

Ihre suchende, weite Wanderschaft hat die drei Könige zu Schutzpatronen der Reisenden gemacht, woher sich alte Gasthofnamen, wie: Zu den drei Kronen, Zum goldenen Stern oder Zum Mohren, erklären lassen. Vor den Krippen, die in den Kirchen im Land unter der Enns das Geschehen zu Bethlehem darstellen, knieten auch diesmal die drei „Magier" mit ihren Gaben. Wenn wir dies überdenken, verstehen wir wieder den tiefen Sinn von Mystik und Legende. Denn die Weisen aus dem Morgenland brachten Gold als Zeichen der Macht und des Wohlstandes, Weihrauch als Symbol der höchsten Weihe und Myrrhe aber als Gabe bester Gesundheit und ewigen Lebens . . .

Der »Maurermeister« zu St. Pölten

Leben und Werk Jakob Prandtauers

Er war der Sohn des armen Tiroler Bauern Simon *Prandtauer* aus dem Dörfl Stanz über Landeck, hat beim Meister Georg *Asam* zu Schnann im Tiroler Land das ehrsame Maurerhandwerk erlernt und ist dann fast zehn Jahre lang wandernd und lernend durch die Welt gezogen. Wo er in dieser Zeit war, ist bis heute nicht bekannt. Sonst aber liegt das großartige Leben und Schaffen des Barockarchitekten Jakob Prandtauer wie ein offenes Buch vor uns.

Jahrzehntelang hat er — nachdem er sich um das Jahr 1690 in St. Pölten niedergelassen hat — von der Traisenstadt aus mit seiner von ihm geschaffenen „Bauhütte" entscheidend das architektonische Antlitz von Niederösterreich und Oberösterreich gestaltet. Das Vermächtnis Jakob Prandtauers, dem am 16. September 1726 im Alter von 66 Jahren der Tod Zirkel und Zeichenstift für immer aus der Hand genommen hat, sind Meisterwerke einmaliger Art! Sie heißen Stift Melk, Stift Göttweig, die Klöster Herzogenburg und Garsten, Kremsmünster und dazu noch Schöpfungen wie das berühmte Stiegenhaus und der Marmorsaal des Stiftes St. Florian, die bekannten Wallfahrtskirchen auf dem Sonntagberg und in Christkindl und weitere mehr als 40 Bauwerke im Land an der Donau . . .

Meister Prandtauer wurde „in den Grüften" des Domes von St. Pölten mit großen Ehren beigesetzt. Denn vor allem die Krönung seines Lebenswerkes, das in 25jähriger Bauarbeit geschaffene Stift Melk, hat ihn zu einem der berühmtesten Künstler seiner Zeit gemacht. Der Dürnsteiner Propst Hieronymus *Übelbacher*, für den Prandtauer das heute noch so bezaubernd schöne und

„weinherrschaftliche“ Dürnsteiner Kellerschlößchen erbaut hat, nannte ihn schon im Jahre 1760 „den fürnehmen Baumeister zu St. Pölten und vielleicht fürnehmsten in ganz Österreich“. Schon als 42jährigen wird ihm im Hinblick auf seine Leistungen der Titel „Herr“ zuerkannt, der damals außer Adeligen und Geistlichen nur dem Bürgermeister und dem Stadtrichter zustand. Trotz aller Ehrungen ist Prandtauer aber zeitlebens bescheiden geblieben. Er bewohnte mit seiner Familie ein einfaches Bürgerhaus in der Klostergasse 15, das heute noch als Gedenkstätte zu besichtigen ist, und blieb stets dem Handwerk verbunden. Selbst als gefeierter Architekt unterfertigte er seine Baukontrakte und Briefe als „Jakob Prandtauer, Maurermeister zu St. Pölten“.

Von Prandtauers Schaffen werden wohl immer seine erstaunlich vielfältigen Schöpfungen künden. Denn nicht nur die großen Barockstifte geben seinen Namen weiter: Der geniale Künstler hat auch nie seine innere Verbundenheit mit seiner bäuerlichen Herkunft verleugnet, wie dies etwa besonders schön der von Prandtauer geschaffene Lesehof des Chorherrenstifts St. Pölten in Joching in der Wachau bekundet. Auch der ländlich anmutende Schwaighof des Stiftes St. Pölten zeigt bäuerlich-kraftvolle Kunstelemente.

Wir müßten ausgedehnte Reisen sowohl in Oberösterreich, vor allem aber auch in Niederösterreich machen, um heute das ganze Lebenswerk des nicht nur genialen, sondern auch bienenfleißigen „Maurermeisters zu St. Pölten“ zu überschauen. Denn bis zur mährischen Grenze hin ist Jakob Prandtauer am Werk gewesen mit Schöpfungen wie die wunderschöne Kirche von Ravelsbach und das fast wie ein Dom von einem Hügel weithin ins Land grüßende zweitürmige Gotteshaus von Wullersdorf in der Nähe von Retz. Hier hat Prandtauer durch die Anlage des Aufgangs zur Kirche durch einen Torbogen unter dem — übrigens auch sehr originellen — Rathaus von Wullersdorf geradezu ein Unikum unter Niederösterreichs Sakralbauten geschaffen.

Das Jahr 1708 hat für Jakob Prandtauer einen neuen Abschnitt in seinem künstlerischen Leben gebracht. Nach dem Tod Carlo *Carlones* wurde er als sein Nachfolger Bauleiter der Stifte Garsten, St. Florian und Kremsmünster. Aber auch für seine Wahlheimat St. Pölten ist Jakob Prandtauer fleißig am Werk gewesen. Wenn wir heute besinnliche Spaziergänge durch die so vielgesichtig gewordene Industriestadt machen, dann erzählen vor allem in der Altstadt manche Bürgerhäuser vom „Maurermeister zu St. Pölten“ und seiner Bauhütte. So etwa das Wellensteinhaus in der Wiener Straße 27, die Häuser Wiener Straße 16, Rathausplatz 5 oder Fuhrmannsgasse Nr. 14. Es gibt natürlich auch eine

Jakob Prandtauer (nach einem Gemälde)

Prandtauerstraße, und hier wird das Haus Nr. 4 der Werkstatt des „Herrn“ zugeschrieben, der stets nur ein Handwerksmeister sein wollte. Die sehr vornehme Fassade des angesehenen Stifts und Mädchenerziehungsinstituts der Englischen Fräulein und vor allem die nur als „Prandtauerkirche“ bekannte, in der Fassade sehr eigenwillig gestaltete Kirche des einstigen Karmeliterinnenklosters sind ebenfalls bedeutende Schöpfungen des berühmten Meisters. Auch den Dom der Bischofsstadt hat Prandtauer mit seinen Mitarbeitern im Jahr 1721 prachtvoll barockisiert und vor allem den Chor neu gestaltet.

Stift Melk aber ist das große persönliche Denkmal, das sich der „Maurermeister zu St. Pölten“ selbst gesetzt hat. In einer geradezu verbissenen, von Rückschlägen heimgesuchten, 25 Jahre währenden Bauarbeit gemeinsam mit dem ihm kongenial gewesenen, äußerst streitbaren, großzügigen, aber auch willensstarken Abt Berthold *Dietmayr* hat Prandtauer dieses Stift erstehen lassen. 362 Meter lang ist die stattliche Südfassade, wohlgezählte 1963 Fenster lassen das strahlende Tageslicht fallen in die Flucht der Gemächer, der Säle, der Sammlungen und Studierstuben. Nicht weniger als 59 Achsen ineinander verschachtelter Trakte hat der 42jährige „Maurermeister“ dem 32jährigen Abt auf dem Grundriß für das neue Benediktinerstift Melk gezeigt — alle 59 wurden ausgeführt. Sie ergaben in ihrer Gesamtheit die beglückende Harmonie von Stein, Stuck, Strom und Land als weltberühmt gewordenes Wahrzeichen Österreichs!

Anno 1702 hat der Rohbau der Stiftskirche begonnen. In fünf Bauepochen wurde weitergeschafft. Die Vollendung zu erleben, war Prandtauer nicht mehr vergönnt. Denn der große Marmorsaal und die Bibliothek wurden erst zwei Jahre nach seinem Tod vollendet. Stehen wir heute vor dieser großartigen Schöpfung des österreichischen Barock, wird uns ein Vers aus unserer Bundeshymne voll bewußt: „Heimat bist du großer Söhne, Volk, begnadet für das Schöne . . .“

Spektakel im Kirchenschiff

„Heiligengeist"- und „Himmelfahrtslöcher" im Mostviertel

In der Zeit der Spätgotik hatte man im Joch von Netzrippengewölben einzelner Kirchen in Stein eingerahmte Öffnungen angebracht, die auch heute noch zu erkennen sind. Die Gottesdienste näherten sich damals Mysterienspielen, und unter einer solchen Öffnung wurde zu Christi Himmelfahrt ein Tisch aufgestellt, auf dem eine Holzfigur des toten Heilands lag, die dann während des Gottesdienstes an Stricken emporgezogen wurde und durch das Loch in der Decke den Blikken der Gläubigen entschwand. In der Pfarrkirche von Purgstall sind einmal die Stricke gerissen, der „hölzerne Herrgott mit der Siegesfahne" hat dabei den Mesner erschlagen.

In anderen Kirchen gab es wieder im Netzrippengewölbe ein „Heiligengeistloch", aus dem zu Pfingsten eine hölzerne Taube heruntergelassen wurde, die der Priester dann feierlich zum Altar trug. Ja, es kam sogar vor, daß lebende Tauben durch diese Öffnung in den Kirchenraum gelassen wurden, auf die dann die Gläubigen Jagd machten. Dies veranlaßte im Jahre 1784 Kaiser *Josef II.*, in einem „Verbot gegen katholische Mißbräuche" gegen solche Entartungen einzugreifen.

Inmitten des sogenannten „Mostviertels" liegt der kleine, schmucke und gepflegte Ort Weistrach, dessen Kirche wohl eines der schönsten spätgotischen Netzrippengewölbe Österreichs mit tief herabhängenden Schlußsteinen besitzt und allein schon aus diesem Grunde sehenswert ist. Im Netzrippengewölbe des Mittelschiffes findet man sowohl ein „Himmelfahrtsloch" (auf dem Verschlußdeckel ist eine Taube angebracht) wie auch ein „Heiligengeistloch" (mit dem Auge Gottes verziert).

Auch in der nahen Pfarrkirche von Krenstetten erkennt man ein solches Loch im Joch des nicht minder interessanten Gewölbes, das auf geniale Weise eine dritte Dimension vortäuscht und zu den ganz großen Kunstwerken zählt. Diese Dorfkirche besitzt eine bemerkenswerte, reich geschmückte Kanzel des Passauer Meisters Hans *Seiz* aus dem Jahre 1636, die ein nahezu lebensgroßer Engel emporstemmt. Auf der Kanzel selbst gibt es eine Fülle kleinfiguraler Darstellungen, Engelsköpfe, Bänder mit Weintrauben, vergoldete Masken, die vier Evangelisten, vier Kirchenväter, Krieger und Heroen. Auf dem hohen Schalldeckel stehen musizierende oder davonfliegende kleine Engel, sogenannte Putti, Moses und König David und auf der Spitze der segnende Christus.

Im hinteren Teil des rechten Kirchenschiffes steht ein spätgotischer Schnitzaltar mit dem heiligen Stephan, umrahmt von den Heiligen Benedikt, Lorenz, Urban und Wolfgang, darüber der gekreuzigte Christus, Maria und Johannes. Tritt man hinter diesen Altar, kann man auf den Flügeln die drastisch gemalten Leiden Christi sehen. Der böse Anführer zu Pferd trägt einen Turban — darin finden die Schrecken der Türkenzeit ihren Ausdruck. Der Böse mußte damals eben ein „Türke" sein. Ein abgebildeter Kirchenvater oder Apostel trägt eine Brille; eben erst erfunden, die große Sensation dieser Zeit. Schließlich findet man auf dem Altar noch die geheimnisvollen Zeichen CI)CV27, eine rätselhafte teils lateinische, teils arabische Ziffer (siehe Abbildung). Nach Auffassung des ehemaligen Landeskonservators von Niederösterreich, Franz *Eppel*, wiedergegeben in dessen Buch „Ein Weg zur Kunst" bedeutet CIↃ soviel wie M, also 1000, und CV heißt 100 × 5. Es ergibt sich damit die Jahreszahl 1527. Viele Fragen drängen sich dabei auf: Eine kuriose Spielerei der Spätgotik oder konnte man sich nur schwer von den lateinischen Ziffern trennen? Oder haben die Zeichen eine andere Bedeutung?

Die Pfarrkirche in Haag stammt aus dem frühen 15. Jahrhundert. Die unschönen neugotischen Altäre wurden vor Jahren schon entfernt, nun wirkt die Kirche freilich ein wenig kahl und kalt. Im „Heiligengeistloch" im Joch des Mittelschiffes wurden Beleuchtungskörper eingebaut. Das Mittelschiff der Kirche ist gegenüber den Seitenschiffen bedeutend überhöht und weist ebenfalls ein reiches Netzrippengewölbe auf. An der Außenfront der Kirche wurden seinerzeit zwei römische Plastiken, die jeweils drei Römer darstellen, als Baumaterial mitverwendet, welche schon stark verwittert sind. Diese Römer haben im Verlauf von bald zweitausend Jahren schon viel gesehen, kein Wunder, daß die Augen erloschen sind. Im Jahre 1485 wurde die Kirche zu ei-

Teilausschnitt des Flügelaltars mit der geheimnisvollen Jahreszahl in Krenstetten

ner Wehrkirche umgestaltet. Um den Kirchenplatz wurde eine Mauer mit Schießluken und Pechnasen über beiden Seitentoren errichtet.

Alle diese Kunstwerke kann man auf einer Ausflugsfahrt durch das Mostviertel wie bei einer Perlenkette der Reihe nach auffädeln, wenn man die Autobahn in Amstetten-West verläßt und in die Ybbstal-Bundesstraße Nr. 121 in Richtung Waidhofen an der Ybbs einbiegt. Schon nach kurzer Fahrt zweigt man nach rechts auf die Bundesstraße 122 (Richtung Steyr) ab und erreicht zunächst, indem man den gepflegten Markt Aschbach durchfährt, Krenstetten. Von Krenstetten geht es weiter nach Seitenstetten, dessen Stift besichtigt werden kann.

Noch immer auf der Bundesstraße 1, erreicht man St. Peter in der Au mit seiner sehenswerten Wehrkirche, von der auch im Bogen ein wehrhafter Übergang zum benachbarten Wasserschloß führt, angeblich nicht zuletzt deshalb, um den Schloß- und Grundherrn, Ulrich von *Eitzing,* der das Schloß 1438 erbaute, vor seinen eigenen leibeigenen Untertanen zu schützen. Ein Denkmal erinnert daran, daß der Komponist Carl Zeller, dessen Operetten „Der Vogelhändler“ und „Der Obersteiger“ auch heute noch oft gespielt werden, hier am 19. Juli 1842 geboren wurde. Und das Mostviertel ist bis heute musik- und sangesfreudig geblieben, was nicht zuletzt die vielen ausgezeichneten Musikkapellen beweisen, die vielfach auch in schmucken Trachten aufmarschieren.

Sollte die eine oder andere Kirche außerhalb der Gottesdienste gesperrt sein, wofür wegen der vielen Diebstähle um Verständnis gebeten wird, dann kann sich der interessierte Besucher an den Mesner oder an einen in der Nähe befindlichen Gastwirt (in Krenstetten an die Gastwirtschaft Überlacker) wenden; der Schlüssel zur Kirchenpforte ist dann meist rasch zur Hand.

„Heiligengeist“- und „Himmelfahrtslöcher“ findet man in Niederösterreich auch noch in den Kirchen von Eggendorf, Pöggstall, Ysper, Kleinpöchlarn, Kirchberg am Wagram, Petzenkirchen und Purgstall.

Barockjuwel und Bildungsstätte

Zu Besuch in Stift Seitenstetten

Wer einen Ausflug ins „Mostviertel" unternimmt, der möge es nicht versäumen, dem altehrwürdigen Benediktinerstift Seitenstetten einen Besuch abzustatten. Abgerückt von den heftig pulsierenden Verkehrsadern, liegt Seitenstetten bescheiden am Rande — im vollsten Wortsinn „an der Seiten" —, unauffällig eingebettet in die fruchtbare Landschaft zwischen Donaustrand und Alpenrand; ein überdimensionaler, vornehmer Vierkanter, dem Baucharakter des Mostviertels harmonisch angepaßt.

Vergleicht man damit die Prunkfassaden von Melk oder Göttweig, so mag man auf den ersten Blick vielleicht ein wenig enttäuscht sein von der nüchternen Anlage des Klosters an der Treffling. Doch hinter den unscheinbaren Mauern verbergen sich Kostbarkeiten, die man in weitaus berühmteren Häusern nicht findet. Blättern wir ein wenig in der umfangreichen Stiftschronik, so erfahren wir manch interessantes Detail aus der 900jährigen Vergangenheit von Seitenstetten.

Im Jahre 1112 errichtete der Edelfreie *Udiskalk* neben seiner Burg in „Sitanstetten" ein Kloster, in das er Benediktinermönche aus Göttweig berief. Als letzter Überrest aus den Jahren der Gründung blieb nur die sogenannte Ritterkapelle — ein Musterbeispiel romanischer Architektur — erhalten. Seine eigentliche Lebensfähigkeit verdankt Seitenstetten aber dem Erzbischof *Wichmann* von Magdeburg, der große Teile des oberen und mittleren Ybbstales samt Eisengruben und Salzwerken dem neugegründeten Stift vermachte. Schwere Rückschläge brachten Brandkatastrophen im 13. und 14. Jahrhundert sowie die Wirren der Reformationszeit, in der Seitenstetten sogar Schauplatz einer ärgerniserregenden Prälatenhochzeit werden sollte. Erst zu Beginn des 17. Jahrhunderts wurde wieder ein Gesundungsprozeß eingeleitet, der dann in der Barockepoche seinen Höhepunkt erreicht hat.

Da ist zunächst das segensreiche Wirken des hochgelehrten Abtes Kaspar *Plautz* (1610—1627) zu erwähnen. Er ist der Autor eines heute sehr kostbaren Buches, das von der Missionstätigkeit jener Benediktinermönche handelt, die Christoph Columbus im September 1493 auf seiner zweiten Reise in die Neue Welt begleiteten. In diesem mit wertvollen Kupferstichen ausgestatteten Band findet sich eine interessante Notiz über die Einführung der Kartoffel als Nutzpflanze in Niederösterreich. Wir erfahren unter anderem, daß es im Klostergarten zu Seitenstetten bereits im Jahre 1621 Kartoffeln („Papas") in großer Menge gegeben hat.

Kurios sind die Kochrezepte, die uns Kaspar Plautz übermittelt: „Man koche diese Papas in gewöhnlichem Wasser oder brate sie, in Papier eingewickelt, in Asche, bis sie weich werden, und ziehe ihnen die rote Haut ab, wasche dann das ganze weiße Fleisch rein, zerstoße es und vermenge diese Masse mit Zucker und Rosenwasser sowie mit etwas Zimmetgewürz, gebe Butter dazu, backe das Ganze, und man erhält, wenn man es in Teig eingeschlagen hat, einen Kuchen oder ein Tafelgeschenk von königlichem Geschmack. Salat kann man in folgender Weise bereiten: Man nehme diese Papas, rein und weißgekocht, und schneide sie in Scheiben, gebe Öl, Essig, Pfeffer, Salz oder Zucker dazu und koste. Oder wenn man Magere oder Schwindsüchtige heilen oder fettmachen will, so koche man diese Papas, gereinigt, mit Fleisch von Kapaunen, Hühnern oder Hammeln; Saft und Brühe davon liefern ein gar bekömmliches und heilkräftiges Nahrungsmittel."

In den folgenden Jahrzehnten des Frühbarock wurde Seitenstetten aus seinem bescheidenen Dasein sowohl in geistiger als auch in wirtschaftlicher Beziehung in die Reihe der bedeutenden österreichischen Klöster emporgeführt. Die etappenweise Barokkisierung des Stiftsgebäudes beginnt um 1630 und kommt erst ein gutes Jahrhundert später zum vollen Abschluß. Als namhaftester Baumeister ist Joseph *Munggenast* zu nennen. 1677 ist auch das alte gotische Kirchengebäude barock umgestaltet worden. Die „Reparirung" wurde von dem Seitenstettner Meister Stephan *Ober* in etwas derben Formen um den Preis von 1100 Gulden durchgeführt. Kurze Zeit später brach in Österreich die Pest aus, die auch im Mostviertel unzählige Opfer forderte. In Seitenstetten wurde daher „wegen der leydigen Sucht" unter der Leitung des Baders von Haag, Hans Georg Underagger, sanitäre Vorsorge ge-

Stiftshof des Benediktinerstiftes Seitenstetten (1707—1711)

troffen. Für geleistete „Badearbeith“ hat man dem Bader aus Haag 27 Gulden ausbezahlt.

Mehrmals mußte der Stiftsneubau, bedingt durch die Wirren des Erbfolgekrieges sowie durch die enorme finanzielle Belastung der sogenannten Türkensteuer, die vom Landesfürsten immer wieder über den Klerus verhängt wurde, für einige Jahre unterbrochen werden. Allein im Jahre 1693 mußte Seitenstetten 11.405 Gulden an das Kaiserhaus abliefern! Eine Fortführung der Bautätigkeit war erst wieder möglich, nachdem Abt Paul de *Vitsch* (1729—1747) das Kloster auf eine neue finanzielle Grundlage stellen konnte: Der mutige Unternehmergeist dieses Prälaten verhalf dem Stift zur Erwerbung des uralten, privilegierten Kupferbergwerkes Radmer in der Obersteiermark und des Messinghüttenwerkes zu Reichraming im oberösterreichischen Ennstal. Auf Grund der beträchtlichen Einnahmen aus diesen industriellen Unternehmen waren der barocken Baulust keine Schranken mehr gesetzt.

Kostbar ist auch die Einrichtung: Erstrangige Künstler wurden zur prunkvollen Ausgestaltung der Innenräume ins Haus gerufen. So schuf Bartholomeo *Altomonte* das Deckengemälde in der prächtigen, dreiarmigen Prälaturstiegenhalle; die riesigen Fresken im Marmorsaal und in der Bibliothek stammen von Paul *Troger*. Allein von der Hand des berühmten Martin Johann („Kremser") *Schmidt* besitzt Seitenstetten an die siebzig Ölgemälde! Zu den kostbaren Raritäten des Hauses zählt neben dem einzigartigen Naturalienkabinett vor allem der herrliche Bibliothekssaal mit den einheitlich gebundenen Büchern. Die weißledernen Rükken mit den schwarzen Schildern, auf denen in Goldbuchstaben die Namen der Autoren und Werke prangen, nötigen jedem Besucher Bewunderung ab. Immerhin ließ sich der bibliophile Abt Dominik *Gußmann* (1747—1777) die Ausstattung dieser geistigen Rüstkammer seines Klosters 48.000 Gulden kosten!

Die geistige Entfaltung des Stiftes ist aber keineswegs in der Barockzeit stehengeblieben. Seitenstetten unterhält seit 1814 ein öffentliches Gymnasium samt Konvikt und ist somit eine der bedeutendsten Stätten humanistischer Bildung in Österreich. Von der großen Anzahl namhafter Persönlichkeiten, die aus dieser angesehenen Schule hervorgegangen sind, sei nur Ing. Julius *Raab*, der Staatsvertragskanzler, genannt. Der große Staatsmann blieb sein Leben lang mit Seitenstetten in enger Verbindung und vermachte seine Büchersammlung der Stiftsbibliothek.

»Schusterkirtag« am Kollmitzberg

Ein Jahrmarkt — ein Chorherrenstift

Dort, wo der breite Strom in das gefährliche Engtal des sagenumwobenen Strudengaues eintritt, grüßt an der rechten Uferseite von beherrschender Höhe herab die Kollmitzberger Ottilienkirche. Auf diesem überragenden Aussichtspunkt am westlichen Ausläufer der Neustadtler Platte befand sich schon zur Römerzeit ein Wachtturm und lange vorher vermutlich auch eine heidnische Opferstätte. Im 13. Jahrhundert wurde hier vom nahegelegenen Stift Ardagger eine Seelsorgestation errichtet, die von Vikaren des Klosters betreut wurde. Auf Grund des in Niederösterreich äußerst seltenen Patroziniums der heiligen Ottilie, der Schutzpatronin der Augenkranken, entwikkelte sich die Kirche am Kollmitzberg bald zu einem stark frequentierten Gnadenort, der zahlreiche Pilgerscharen aus nah und fern anzog. Heute liegt das behäbige spätgotische Wallfahrtskirchlein abseits vom Getriebe des Massentourismus, und nur selten pilgert jemand hinauf zur wundertätigen Kirchenpatronin, um Trost und Linderung zu erflehen.

Einmal im Jahr wird dieses hochgelegene Örtchen jedoch aus seinem beschaulichen Sommer aufgeweckt, und es erwacht zu regem und buntem Leben: Jeweils an den letzten Tagen der Herbstquatemberwoche im September rüstet man zum traditionellen und weitbekannten Kollmitzberger Kirtag, der alljährlich Tausende Besucher aus dem Most- und Mühlviertel anlockt. Mit Recht sind die Kollmitzberger auf ihren „Schusterkirtag", wie er von der älteren Generation noch genannt wird, stolz, denn einen Kirtag mit 800jähriger Tradition findet man schließlich nicht überall.

Wir wollen also das in der zweiten Septemberhälfte beginnende geschäftige Kirtagsleben zum Anlaß nehmen, um den Anfängen und der Entwicklung dieses uralten Marktgeschehens nachzuspüren. Dazu ist es wohl am besten, wenn wir uns in das am Fuße des Kollmitzberges gelegene ehemalige *Chorherrenstift Ardagger* hinabbegeben und dort ein wenig in den vergilbten Urkunden und Chroniken blättern . . .

Es war um das Jahr 1050, als Kaiser *Heinrich III.* in Begleitung seiner Gemahlin Agnes auf einer Reise durch die Ostmark in der Gegend von Ardagger weilte, um in den dichten Donauwäldern zu jagen. Dabei verirrte sich die Kaiserin und geriet in große Not. In ihrer Angst und Verzweiflung gelobte sie den Bau eines Klosters in diesem Gebiete, wenn sie die Gefahr gut überstünde. Dies geschah alsbald und die gerettete Kaiserin erfüllte getreulich ihr Gelübde. Unter großer Prunkentfaltung und in Anwesenheit prominenter Persönlichkeiten des Reiches vollzog sich am 4. September 1063 die feierliche Einweihung eines Weltpriester-Kollegiatstiftes zu Ehren der heiligen Märtyrin *Margarete.* Dies reizende Klösterlein gehört besonders durch seine berühmte „Margaretenscheibe“ und die romanische Krypta zu den erhabensten Juwelen österreichischer Kunst. Bedauerlicherweise wurden der einst in hoher Blüte stehenden kaiserlichen Stiftung seit dem Ende des Mittelalters durch ständige Besitzstreitigkeiten so schwere Wunden zugefügt, bis sich das Kapitel 1662 vollkommen auflöste und mit der Umwandlung in eine Realpropstei seine geistig-religiöse Bedeutung einbüßte. Als rein wirtschaftliches Institut blieb die Propstei dann noch bis zur formellen Aufhebung durch *Josef II.* (1784) eine Versorgungsstätte für die nachgeborenen Söhne des österreichischen Adels.

Die Entwicklung des Marktes Ardagger sowie die Gründung des Kollegiatstiftes waren eng mit der Bedeutung der wichtigen Verkehrsverbindung zwischen der Donau und dem Ybbstal (über Amstetten) verbunden. Die stromabwärts fahrenden Schiffer und Reisenden hielten meist bei Markt Ardagger an, wenn sie das gefürchtete Donauengtal des Strudengaues am sicheren Landwege umgehen wollten. An dieser Stelle hatte seit alters der Stromgott seinen Sitz. Schon die Römer trachteten ihn dadurch zu beschwichtigen, daß sie ihm reiche Münzopfer als Weihegaben in die gurgelnden Fluten warfen. Dieser zürnende Stromgott scheint dann im heiligen Nikolaus, dem Patron der Schiffer, sein christliches Gegenstück gefunden zu haben. Ihm sind ja bezeichnenderweise die Gotteshäuser in Markt Ardagger sowie in St. Nikola, das am Ende der Gefahrenzone am linken Donauufer liegt, geweiht.

Reicher Stuckzierat im Gewölbe der ehemaligen Stiftskirche in Ardagger

Sehr früh begann in Ardagger der Handel aufzublühen, und im hohen Mittelalter entstand hier ein weltbekannter Warenstapel- und Umschlagplatz, der von Kaufleuten aus aller Herren Ländern besucht wurde und dessen Erträgnisse dem neugegründeten Chorherrenstift zuflossen. Alljährlich begann im Juli, zum Feste der Kirchenpatronin Margarete, ein zwei Monate lang dauernder Jahrmarkt, der bald die Dimension einer internationalen Handelsmesse angenommen haben dürfte. Im Jahre 1192 bestätigte Herzog *Leopold V.* dem Stift das Marktrecht „per duos menses". Vier Jahre später wurde auch das wichtige Privileg der Mautfreiheit gewährt. Vor allem war es der Handel mit Holz, Tierhäuten, Wein und Salz, der den Wohlstand und die Bedeutung des Marktes begründete. Die Wirren des Interregnums (nach 1250) ließen diese berühmte Messe zu Ardagger jedoch nach und nach zu einem kleinen, bäuerlichen Wochenmarkt verkümmern. Dem Volksmunde nach wurde dieser Markt dann wegen der im 16. und 17. Jahrhundert wütenden Pest auf den Kollmitzberg verlegt, wo er zuerst vierzehn, später acht Tage lang dauerte.

So kam es, daß bei der alten Wallfahrtskirche der heute noch abgehaltene „Schusterkirtag“ entstand. Der Name rührt daher, weil auf diesem Markt bis vor kurzem noch fast ausschließlich Schuhwaren, vor allem Lederstiefel feilgeboten wurden. Dies dürfte wiederum eine uralte Tradition sein, denn schon im mittelalterlichen Ardagger sind Tierhäute und Leder ein spezieller Handelsartikel gewesen. Es ist also keineswegs übertrieben, wenn man im Kollmitzberger Kirtag ein umgeformtes und wiederbelebtes Relikt der ehemaligen weltbekannten Messe zu Ardagger sieht. Noch um die Jahrhundertwende, so erzählt die Kirchenwirtin, konnte man an die hundert Schusterstandl zählen! Von weit her, aus dem Wald- und Mühlviertel und sogar aus Wien sind die Schuhmacher mit ihren Waren hierher gezogen. Es soll auch nicht selten vorgekommen sein, daß sich zwei Bauern aus übertriebener Sparsamkeit nur zusammen ein Paar Stiefel für den bevorstehenden Winter gekauft haben!

Seit dem Ersten Weltkrieg wird nur noch am Samstag und Sonntag der Quatemberwoche der markante Kirtag abgehalten. Sank während des zweiten Krieges die Standlzahl, so begann nach 1948 der Jahrmarkt wieder schnell zu wachsen. Seither steigt der Zustrom der Marktfahrer, Schausteller und Besucher alljährlich an. Aus dem beliebten „Schusterkirtag“ unserer Großväter hat sich allerdings in den letzten Jahren immer mehr eine landwirtschaftliche Musterschau mit volksfestartigem Gepräge entwickelt. Im übrigen wird aber selbstverständlich für alle Berufszweige etwas geboten.

Wer also die Atmosphäre eines echten ländlichen Markttreibens inmitten eines überaus reizvollen Landschaftsbildes genießen will, dem sei ans Herz gelegt: Auf zum „Schusterkirtag“ am Kollmitzberg!

Vom Blechhammer zum Walzwerk

Der Hammerherr Andreas von Töpper

Am 27. April 1872 starb im Herrenhaus seines großen Eisenwerkes Andreas von *Töpper* im 87. Lebensjahr. Er war der größte private Eisenwerksbesitzer in der Monarchie des 19. Jahrhunderts. Als Sohn eines Hafnermeisters wurde Andreas Töpper 1786 geboren. Der begabte Bub sollte auf Wunsch seines Taufpaten Schulmeister werden, aber davon wollte er nichts wissen. Schmied wollte er werden. Schon in der Lehre zeigte er eine schnelle Auffassung. In seinen Gesellenjahren erprobte er schon eigene Einfälle in der Fertigung von Werkzeugen, und in jungen Jahren wurde er Werkführer der Neutterschen Blechfabrik in Krems (Steiermark). Hier konnte er seine bedeutende Erfindung, das Eisen nicht auszuhämmern, sondern auszuwalzen, verwirklichen. *Neutter* ließ sich von den gezeichneten Konstruktionen Töppers überzeugen, und dieser konnte 1808 in Krems für seinen Werksherrn das erste Eisenwalzwerk bauen und in Betrieb nehmen. Der Erfolg war überzeugend. Die alten Blechhämmer wurden niedergerissen und an ihrer Stelle Walzwerke errichtet. 1814 erwarb er das Meisterrecht und damit die Berechtigung der selbständigen Gewerbeausübung.

1815 holte ihn sein Schwager *Jandl* nach Leoben, wo er an der Stelle eines alten Blechhammers zwei Blechwalzwerke und zwei Flammöfen mit Kohlenfeuerung aufbaute. Er feuerte mit Leobener Kohle und machte die Eisenwerke auf die Steinkohle aufmerksam. Bald lernte er auch *Erzherzog Johann* näher kennen, mit dem ihn in den folgenden Jahrzehnten eine herzliche Freundschaft verband.

Töpper zeichnete sich durch Erfindungsgabe, Tatkraft und

Fleiß aus. Er erkannte das industrielle Zeitalter, das heraufkam, und verband sein reiches Wissen und Können mit den Erfordernissen der Zeit. Gleichzeitig gehörte er aber jener Generation an, die für alles, was in ihrem Umkreis lebte und wirkte, mit biederer Väterlichkeit sorgte, sich aber auch mit Entschiedenheit für sein großes Werk einsetzte.

1817 kam Andreas Töpper nach Niederösterreich, erwarb hier den „Grießhammer", der schon im Verfall war, und errichtete an seiner Stelle, da, wo der Jeßnitzbach in die Erlauf mündet, ein großes Hammerwerk und eine Blechwalzfabrik. Er begann auch ein großes Wasserwerk zu bauen, um genügend Wasserkraft zu haben. Dieses Vorhaben erweckte jedoch heftiges Mißfallen bei den Gewerken der Umgebung. Die Behörden schoben die Baubewilligung für das Wasserwerk hinaus, und ohne Wasserwerk konnte er die geplanten Werksvergrößerungen nicht vornehmen. Auch das sollte verhindert werden, da nach einem veralteten Gesetz Neugründungen dieser Art nicht erlaubt waren. Da alle Eingaben zwecklos waren, wandte sich Töpper direkt an den Kaiser, der in Persenbeug zur Sommerfrische weilte. Der Monarch empfing den jungen Meister, hörte sich dessen Bericht und die Bitte um Baubewilligung an — und erkannte, was Töpper nicht nur für sich, sondern auch für Österreich wollte: den Aufschwung der Eisenindustrie. Er durfte nun seine Pläne verwirklichen, durfte bauen, wie er es für gut fand.

Ein schweres Unwetter zerstörte das halbfertige Werk; die Gegner triumphierten. Doch trotz großer finanzieller Belastungen setzte Töpper den Bau fort und vergrößerte auch das Eisenwerk. Zur Einweihung wurde der Kaiser mit dem Hofstaat eingeladen. 1821 erhielt er für 15 Jahre das ausschließliche Privileg, Walzeisen zu erzeugen, und das Recht, auf allen seinen Werken und Erzeugnissen den k. u. k. Doppeladler der Monarchie zu führen.

Bis 1834 wurde das Werk laufend vergrößert. Dazu gehörte der Ankauf des „Weghammers" in Kienberg, der zu einer Zubringerwerkstätte ausgebaut wurde, und der Ankauf des Gutes „Jagerslehen" in Lunz, auf dessen Grund sich der mächtige, gemauerte Getreidespeicher der Innerbergischen Hauptgewerkschaft befand, der zu einem schönen Herrenhaus umgebaut wurde. Um Heizstoff zu erhalten, pachtete er von der Gutsherrschaft *Festetics-Tolna* in Gaming den 4600 Joch umfassenden „Urwald", der sich von Seehof-Hirschtal zum Mitter- und Obersee und den umliegenden Berghöhen erstreckte, für 60 Jahre. Wohl ließ er auch nach Kohle schürfen, aber erst die Holzkohle aus dem „Urwald" deckte seinen großen Bedarf. Der Bau einer großen Steinbrücke über die Erlauf gab der Werksanlage den Namen „Neubruck". In

Die Töpper-Brücke bei Lunz am See. Die Heiligenstatuen sind aus Erz

den nächsten Jahren wurden auch in Kasten bei Lunz ein Walz- und ein Hammerwerk gebaut.

Es kam der Auftrag, für die erste österreichische Eisenbahn die Radkränze zu schmieden. Schwere Bleche für Dampfkessel, Eisenbahnwagen und Lokomotiven wurden laufend erzeugt. Das Roheisen wurde per Achse aus Eisenerz geholt. In den Stallungen standen 60 bis 80 Paar schwere Pferde. Die Fabriksanlage bildete ein Rechteck von 50 Klafter Länge und 28 Klafter Breite und umfaßte vier Blechwalzwerke, vier Blechflammöfen, sechs Streckwalzwerke, vier Schneidewerke, drei Streckflammöfen, drei Railswalzwerke, zwei Schweißöfen, vier Zerrennfeuer, vier Großhämmer, drei Drehwerke, drei Zeugfeuer, zwei Zeughämmer, eine Mahlmühle mit drei Gängen und eine Schlosserei und eine Nagelfabrik. Zur Zeit der größten Leistungsfähigkeit wurden hier 800 Arbeiter beschäftigt, für die Töpper vorbildlich sorgte. Eine Werksiedlung entstand, Arzt und Medikamente waren kostenlos, für Invalide, für Witwen und Waisen war gesorgt, ein Altersheim wurde gebaut. Auch hier war Töpper seiner Zeit voraus.

Für seine Erzeugnisse gab es bei den Weltausstellungen immer

Auszeichnungen, nicht selten auch eine Goldmedaille. Viele Geschäftsreisen weiteten seinen Horizont.

Darüber hinaus war Töpper ein Förderer von Kunst und Wissenschaft. Seine erste Frau Helena hat sein unermüdliches Wirken, besonders in den schwierigen Jahren des Aufbaues, mit großer Tatkraft und viel Verständnis unterstützt. Das Herrenhaus in Kasten-Lunz war mit allen Bequemlichkeiten eingerichtet, wurde von einer Parkanlage umschlossen und diente als Sommersitz. Hier und im Neubrucker Herrenhaus waren oft Mitglieder des Kaiserhauses seine Gäste. Trotzdem blieb Töpper der biedere Mann, der überall geschätzt wurde. Seine liebste Erholung waren die Jagd, das Scheibenschießen und eine Fahrt mit seinen Schimmeln.

Als Töpper 80 Jahre alt war, verlieh ihm der Kaiser das Ritterkreuz des Franz-Josef-Ordens und damit den persönlichen Adel. Außer in Scheibbs war er Ehrenbürger von Waidhofen an der Ybbs und von Badgastein. Bereits 1863 hatte er die Herrschaft Scheibbs angekauft und in der Stadt durch den Bau von Häusern und Brücken nachhaltige Spuren hinterlassen. In Lunz erinnert die Heiligenbrücke in Kasten und das Kreuz auf dem Dürrenstein an ihn.

Kaskathl in der Rauchkuchl

Die Rauchküche im Amonhaus in Lunz am See

Wenn man von einer musealen Sensation sprechen will, dann muß es schon wirklich eine Sensation sein, also etwas, was alle Besucher zu fesseln vermag. Ein Kunstwerk vermag nur einen verhältnismäßig kleinen Kreis von Kennern wirklich zu bewegen, ein Bauwerk wird das Interesse vieler Menschen finden. Ich wage zu behaupten, daß eine *Rauchküche* jeden Besucher interessiert. Schließlich ist der Raum, in dem die Speisen zubereitet wurden, von alten Zeiten her die Zelle des Hauses gewesen. Am offenen Feuer wurde nicht nur gekocht und die durchnäßte Kleidung getrocknet. Um seine Wärme drängte sich im Winter eine oft große Familie; beim spärlichen Licht der Holzflamme entstanden wahrscheinlich die ersten Fellkleider und die ersten Märchen.

Als die Kochstelle, die Küche, vom Wohnraum getrennt wurde, begann ein neuer Abschnitt der Kultur. Die Küche wurde zum absoluten Reich der Frau, und beim offenen Herd verbrachte sie einen großen Teil ihres Lebens, um der Familie die sich immer mehr verfeinernde Nahrung zuzubereiten. Sie führte ein meist strenges Regiment, und die Küchenmagd war eine niedere Dienerin, wie sie uns noch im Märchen vom Aschenbrödel begegnet ist.

Küchen mit offenem Herd waren im Palast und beim Kleinhäusler zu finden. Ein „Linzer Kochbuch" aus dem Jahre 1838 zeigt eine Königin in einer guteingerichteten Küche am offenen Herd. In wenigen alten Bauernhäusern unserer Heimat findet man ab und zu noch die alte Küche, die nur noch eine Rumpelkammer ist. Äußerst selten und nur in ganz abgelegenen Tälern ist sie noch in Gebrauch. Im übrigen ist nur noch der Name vorhanden, unter dem sich die jüngste Generation fast nichts mehr vorstellen kann.

Bei der Renovierung des *Amonhauses* in Lunz am See in den Jahren 1961 bis 1964 hat man in einer geräumigen Rumpelkammer den Verputz von den Wänden geschlagen. Zur Überraschung aller kam die von Ruß ganz geschwärzte Mauer und Wölbung zum Vorschein. Als man auf einer Seite loses Mauerwerk entfernte, stieß man auf den steinernen Herd und daneben auf die Öffnung zum Backofen. Schon damals tauchte der Plan auf, in diesem Raum wieder die alte Küche einzurichten und damit ein neues Schauobjekt dem Museum anzugliedern.

Es war ein Glück, daß ich durch 16 Jahre auch allerhand Küchengeräte und Geschirr gesammelt hatte. Mancher irdene Schmalzhäfen, manche Eisenpfanne und viel anderes, was ich da und dort auf einem Dachboden gefunden habe, wurde zusammengetragen, doch konnte ich damals nicht ahnen, daß man damit einmal eine Küche einrichten würde.

Die ursprüngliche Einrichtung dieser Küche, die im Gegensatz zu den ehemaligen bäuerlichen Rauchküchen groß ist, dürfte recht gut gewesen sein. Von dem Zinn-, Kupfer- und Messinggeschirr ist kein einziges Stück mehr vorhanden. Es wurde vor rund 90 Jahren in alle Gegenden vertragen. Was man heute in dieser Küche sieht, ist mit wenigen Ausnahmen bäuerlicher Herkunft. Über dem offenen Herd hängt an der „Reiden" der mächtige Wasserkessel, in dem immer heißes Wasser vorrätig war. Verschiedene Eisenpfannen stehen auf „Haxen" oder Rosten. Direkt über der Feuerstelle ist eine Eisenpfanne, die wie eine Halbkugel geschmiedet ist; daneben stehen mit Ruß bedeckte irdene Häfen. Im Backrohr ist eine irdene Bratpfanne. In vergangener Zeit wurde viel im Backofen gekocht. „Muaser" und verschiedene Fleischgabeln, alles aus Eisen, fehlen nicht. An den Feuerbock sind die Holzscheite und der Blasbalg gelehnt. Man kann heute noch auf diesem Herd sehr gut kochen. Für die Beleuchtung sorgt ein verstellbarer Kienspanhalter und eine Kerzennische. Riesige Eisenpfannen stehen für die Zubereitung der Speisen für den großen Haushalt bereit. Im „Pfannknecht" stecken die Stiele weiterer Eisenpfannen. Dann kommen die Nischen für das übrige „Kuchlgschirr". Auf dem Boden stehen die großen irdenen Schmalzhäfen, darüber auf einem Brett Strohsimperl, Plutzer und die Salzschüssel aus Eibenholz, auf dem Brett darüber die „Kaskathln" zur Herstellung von Schafkäse. Einige Trichter und das einzige Prunkstück, eine kupferne Backform, hängen auf dem „Schüsselrehm", der die irdenen Schüsseln für Suppe, Mus und Salat aufnimmt. Neben den Formen zum Gießen der Wachs-

Die „Rauchkuchl“ im Amonhaus in Lunz am See

kerzen sieht man einen tiefen handlichen Kessel, außen mit Rußkrusten bedeckt, in dem man Pudding und ähnliches über dem Feuer gekocht hat — Speisen, die zu hohen Festtagen üblich waren.

Recht gemütlich ist eine Ecke mit Tisch, Stühlen und der Spanleuchte. An der Außenwand steht auf dem dazugehörigen Schragen der gehackte Backtrog mit der Krapfenschüssel und den großen Mehlschaufeln, auf einem eichenen Wasserbankl das Holzschaff für den Wasservorrat. Nur ein paar Waffeleisen sind „herrschaftlicher“ Herkunft, da sie Wappen und Wappentiere zeigen. Der Rauchabzug erfolgte durch den Kamin.

Das Feuer läßt sich gut anfachen, das Wasser im Kessel wird schnell heiß, die Speisen haben, am offenen Feuer zubereitet, einen Wohlgeschmack, wie man ihn sonst heute nicht mehr kennt. Hülsenfrüchte, Graupen, Braten, die im Backrohr zubereitet wurden, hatten Zeit, richtig gar zu werden und dabei ihren Eigengeschmack zu entwickeln.

„Das neueste Linzer Kochbuch“ aus dem Jahre 1782, von dem Mundkoch Jean *Neubauer* herausgegeben, bringt großartige Rezepte aller Art, wie sie einst auch im Amonhaus verwendet wurden, wenn Kaiserbesuch da war oder andere hohe Gäste im Hause weilten. Wie oft kann man da lesen: „Setze es in den Ofen, laß gar werden und gib es auf einer Schüssel zu Tische."

Die Frauen, die in diesen Küchen kochen mußten, hatten allerdings viel Beschwernis erlebt. Aber man war es gewöhnt, und die Arbeit hat sich auf mehrere Personen verteilt. Der Ruß konservierte Wände und das Äußere der Eisenpfannen. Kupfer und Messing wurden gescheuert. Mit feinem Sand und Strohwascheln wurden die Holzteller abgerieben. Es war in diesen Küchen meist überraschend sauber. Nur der Rauch war ein böses Kapitel, besonders wenn er vom West- oder Südwind heruntergedrückt wurde.

Mit Rührung und Hochachtung denkt man heute an die Frauen, die in diesen Küchen gekocht haben, die hier den größten Teil ihres Lebens zugebracht haben. Dankbar genießt man den Fortschritt der Gegenwart.

Die Rauchküche im Amonhaus ist für alle Besucher eine echte Sensation. Sie wird besonders bei Großstädtern und Ausländern jenes Staunen hervorrufen, das wir heute der Vergangenheit entgegenbringen, die weder Gas noch elektrischen Strom gekannt hat und die eine Volkskultur hervorgebracht hat, die die eiserne Ration unseres Lebens ist.

Kirchenfreund, Menschenfreund und Poet

Abt Johannes Ladislaus Pyrker in Lilienfeld

Zu den bedeutendsten Äbten des Zisterzienserstiftes Lilienfeld zählt der Abt und spätere Erzbischof von Erlau (Ungarn) Ladislaus *Pyrker*. Die Zisterzienserabtei Lilienfeld wurde schon im Jahre 1202 gegründet. Die im Jahre 1230 der Mariä Himmelfahrt geweihte Kirche ist eine der ersten Hallenkirchen Österreichs und gehört heute noch mit ihrer Länge von über 82 m zu den größten Kirchen Österreichs. Der 19 m hohe Hochaltar aus schwarzem Türnitzer Marmor wurde 1739 errichtet, und das Hochaltarbild stammt von Daniel *Gran* (1746).

Johannes (sein späterer Ordensname) Ladislaus Pyrker von Felsö-Eör war gebürtiger Ungar. Er stammte aus dem Dorf Nagy-Längh im Stuhlweißenburger Komitat, wo sein Vater als Gutsverwalter der Gräfin *Zichy* beschäftigt war. Während der Schulzeit bei den Paulinern in Stuhlweißenburg war von der späteren Berufswahl noch keine Rede. Vielmehr fühlte sich der Bub zu den Soldaten hingezogen, und sein liebstes Spiel war, wie er selbst in seinen Erinnerungen schreibt, „die Schulkameraden in Reih und Glied zu ordnen“, um mit ihnen zu exerzieren und „Manöver“ abzuhalten.

Doch der Jugendtraum, einmal die Uniform eines kaiserlichen Offiziers tragen zu dürfen, blieb unerfüllt. Die weit weniger glänzende Wirklichkeit führte den jungen Mann nach Ofen in die Stellung eines Subalternbeamten bei der dortigen Statthalterei. Offenbar unter dem Eindruck persönlicher Enttäuschungen trat Pyrker im Alter von 20 Jahren in das Zisterzienserstift Lilienfeld ein, wo er eine neue und echte Heimat fand. 1796 empfing er in

St. Pölten die Priesterweihe, 1807 wurde er Pfarrer von Türnitz und schließlich 1811 vom Konvent des Stiftes zum Abt gewählt.

Die Wahl war, wie sich später herausstellen sollte, eine überaus glückliche gewesen, um so mehr, als das Stift gerade damals dringend eines tatkräftigen Mannes bedurfte. Die vergangenen Dezennien hatten nämlich über Lilienfeld viel Unheil gebracht: Nach der von Kaiser *Josef II.* im Jahre 1789 verfügten Aufhebung des Stiftes waren die wertvollen Kirchengeräte in Verlust geraten, die Bestände der Bibliothek und des Archivs waren arg dezimiert, und die Gebäude befanden sich in einem unbeschreiblichen Zustand. Nach der Wiedererrichtung 1790 folgten weitere Schicksalsschläge. 1805 besetzten die Franzosen Lilienfeld, wobei das Stift einen Schaden von 25.000 Gulden erlitt, und 1810 vernichtete ein Großbrand die Wirtschaftsgebäude. Der Abt nahm sofort nach seinem Amtsantritt den Wiederaufbau des Stiftes in Angriff. Neben seinem Geschick in rein materiellen Belangen zeigte er auch großes Kunstverständnis und begann mit der Anlegung einer neuen Gemäldesammlung, da die alte Sammlung ebenfalls größtenteils verlorengegangen war. Pyrkers rastlose Arbeit und die vielen Mühen wurden alsbald am Wiener Hof bekannt. Kaiser *Franz I.* ernannte den tüchtigen Abt 1818 zum Bischof von Zips, 1821 zum Patriarchen von Venedig (das seit dem Wiener Kongreß 1815 wiederum österreichisch war) und 1827 zum Erzbischof von Erlau, dem einzigen ungarischen Bistum östlich der Donau.

„Der kirchliche Würdenträger verband stets mit dem Krummstab die Leier des Poeten“, wie es einmal ein Zeitgenosse Pyrkers formulierte. Tatsächlich hatte dieser schon 1810 seinen Platz unter den Dichtern festigen können, als sein historisches Schauspiel „Zrinyis Tod“ erschien. 1820 entstand das zwischen Klassik und Romantik stehende Heldengedicht „Tunisias“, in dem der Dichter in zwölf Gesängen den Feldzug schildert, den Kaiser *Karl V.* im Jahre 1535 gegen Tunis zur Befreiung gefangener Christen geführt hat. Über sein zweites bedeutendes Epos, „Rudolf von Habsburg“, das in der patriotischen Dichtung des Vormärz einen wichtigen Platz einnahm, schrieb der in Paris lebende Literaturkritiker Baron Andree Adolf *Merian* begeistert: „So haben wir denn, Gott sei Dank, ein deutsches Heldengedicht, dessengleichen kein anderes Volk, das griechische ausgenommen, aufzuweisen hat. Ja, er hat alles überflügelt, was seit Homer gekommen!“

Über dieses Werk führte Pyrker mit Franz *Grillparzer*, dessen „König Ottokars Glück und Ende“ um die gleiche Zeit entstand und 1825 am Burgtheater uraufgeführt wurde, eine rege Korre-

Abt Johannes Ladislaus Pyrker von Lilienfeld, späterer Erzbischof von Erlau (1772—1847)

spondenz. Pyrker hatte Grillparzer während eines gemeinsamen Kuraufenthaltes in Gastein kennen- und schätzengelernt und wurde in der Folge dessen Förderer. Ebenfalls in Gastein traf Pyrker mit dem jungen Franz *Schubert* zusammen, der dem Bischof eines seiner schönsten Lieder, den „Wanderer“, widmete, mit dem der Sänger *Diabelli* noch im gleichen Jahr (1824) 27.000 Gulden verdient haben soll. Pyrker verbrachte viele Jahre hindurch seinen Urlaub in Gastein. Noch heute erinnert die „Pyrkerhöhe“ am linken Achenufer an seine Spaziergänge und den Aufenthalt.

In Vergessenheit geraten ist hingegen, daß der Bischof eigentlich der Begründer des Kurortes Bad Hofgastein gewesen ist, denn er war es, der 1828 von Kaiser Franz I. die Genehmigung zur Herableitung der Thermen nach Hofgastein erhalten hatte. Im „Goldenen Stadtl“, so hatte man den Ort der reichen Gewerken wegen einstmals genannt, war man über die neue Thermenleitung sehr erfreut, insbesondere als Pyrker in einem ihm gehörigen Haus eine „Badeanstalt“ einrichtete. In seinen Gedichten „Lieder der Sehnsucht nach den Alpen“, erschienen im Jahre 1845, gedenkt er der Gasteiner Berge.

Ladislaus Pyrkers Autobiographie „Mein Leben“ wurde erst 1937 beim Sammeln von Material für eine Dissertation in der Handschriftensammlung der Nationalbibliothek zufällig entdeckt. Die lebhaften Schilderungen rundeten das Bild dieses außergewöhnlichen Kirchenfürsten, Künstlers und Menschen ab und erwiesen ihn als Magnet für alle Persönlichkeiten der damaligen Gesellschaft: Mit *Goethe* stand er in lebhaftem Briefwechsel, der unglückliche Herzog von Reichstadt erhielt wenige Tage vor seinem Tode seinen Besuch, in Erlau gründete er eine Lehrerbildungsanstalt und ließ die von den Türken zerstörte Kathedrale erneuern.

Seinem lieben Lilienfeld, wohin er immer wieder gerne zurückkehrte, hielt er bis zu seinem Lebensende die Treue. Noch 1842, fünf Jahre vor seinem Tode, widmete er dem Ort ein Gedicht:

Sei mir gegrüßt im tiefsten Grund der Seele,
Stift Lilienfeld, im wonnig schönen Tal!
Mein Glücksstern wollte, daß ich dich erwählt
zum Lebensziel, und lohnend war die Wahl.

Am 2. Dezember 1847 ist Johannes Ladislaus Pyrker in Wien gestorben. Seinem letzten Willen gemäß wurde sein Herz in der Bischofsgruft von Erlau beigesetzt. Der Leichnam aber kehrte nach Lilienfeld zurück und ruht in der Gemeinschaftsgruft der Äbte in der Friedhofskapelle.

Das Geldloch im Ötscher

Die längste Höhle Niederösterreichs

Auf den ersten Blick würde man es dem Ötscher gar nicht zutrauen, daß er in einer Weltrangliste an vorderster Stelle aufscheint. Wer jedoch einmal eine der Höhlen betreten hat, die auf der südöstlichen Seite des Berges in das Innere des Gebirgsstockes führen, wird nicht überrascht sein, wenn der Berg als besondere Attraktion gepriesen wird: Die geräumigste und tiefste dieser Höhlen, das „Geldloch", rangiert in der Tabelle der tiefsten Höhlen der Erde an siebenter Stelle. Ihre von ewigem Eis geschmückten Hallen, Dome, Schächte und Stollen sind seit Jahrhunderten das Ziel verwegener Forscher. Dennoch gelang es bis heute nicht, allen Geheimnissen, die dieses Labyrinth birgt, auf die Spur zu kommen. Auch die moderne Touristik und Wissenschaft vermochten bisher nicht, bis auf den Grund des Höhlensystems vorzudringen.

Die Motive, die seit Hunderten von Jahren immer wieder mutige Männer bewogen haben, in die schaurige Tiefe des „Geldloches" hinabzusteigen, waren verschiedenartig. Die einen kamen, um nach Erzen zu graben, die anderen, um sich am Anblick der bizarren Märchenwelt aus Eis zu berauschen, und wieder andere, um die Verwertbarkeit des in den Gängen abgelagerten Vogelmistes als Düngemittel zu prüfen.

Die früheste Expedition, von der wir Kenntnis haben, schickte sich im August des Jahres 1592 an, die eisigen Tiefen des „Geldloches" zu erforschen. Kaiser *Rudolf II.* hatte einem seiner genialsten Untertanen, Reichart Freiherrn von *Streun,* den Befehl erteilt, die Ötscherhöhlen nach Gold und anderen verwertbaren Erzen zu durchsuchen. Im Volke wollten nämlich die Gerüchte von

„wälschen Männern“ nicht verstummen, die sagenhafte Reichtümer aus dem „Geldloch“ ans Tageslicht gebracht haben sollten. Streun war beauftragt, den Wahrheitsgehalt dieser Erzählungen festzustellen. In einer Zeit, da selbst angesehene Wissenschaftler nicht die geringsten Zweifel an der Existenz von Drachen, Hexen und Berggeistern hegten, nahm man auch in Hofkreisen die unwahrscheinlichsten Berichte ernst.

Streun, der einflußreiche Führer des österreichischen Protestantismus, kam in Begleitung des Priors der Gaminger Kartäuser, Bartholomäus *Maningius*, zur Höhle. Der Forschergeist, der sowohl Streun als auch den Kartäuser durchglühte, ließ die beiden Männer für die Dauer ihrer Expedition auf alle religiösen Gegensätze vergessen. Man überließ zwar das Hinabsteigen in die furchterregende Tiefe einem Jüngeren, dem Dichter Christoph von *Schallenberg*, doch wartete man mit großer Spannung beim Eingang des „Geldloches“ auf die Berichte, die von unten heraufkamen. Schallenberg drang mit einer Schar beherzter Männer, die mit Steigeisen, Kienspänen und Kerzen ausgerüstet waren, 700 Meter in das Höhlenlabyrinth hinab. Obwohl die Höhlenbezwinger keine Goldbarren und keine funkelnden Schätze vorfanden, leuchteten ihre Gesichter nach überstandener Gefahr dennoch vor Begeisterung über die Zauberwelt, die sich ihnen in den eisigen Domen und Stollen des Ötschers aufgetan hatte.

Einige Tage später schickte der Gaminger Prior abermals eine Expedition ins „Geldloch“, um sich zu vergewissern, daß tatsächlich nur Eis und kein Gold darin zu finden war. Wieder kehrten die Eindringlinge mit leeren Händen zurück, aber diesmal konnten sie ihrem Auftraggeber melden, daß sie Spuren früherer Besucher im „Geldloch“ entdeckt hatten. Daraus kann man schließen, daß bereits im Mittelalter Schatzsucher das Innere des Ötschers gekannt haben.

Der nächste Bericht über einen Einstieg ins „Geldloch“ stammt aus dem Jahre 1746, als der Grafendorfer Pfarrer Aquilin *Hacker* den Ötscher „mit viller mühe und forcht überstigen“ hatte und bis zum Eissee in die große Höhle vorgedrungen war. Ein Jahr darauf wagte sich Joseph *Nagel*, der im Auftrag Kaiser *Franz' I.* von Lothringen die Ötscherhöhle erforschte, ebenfalls bis zum Eissee vor. Er nahm sorgfältige Vermessungen vor, nach denen sodann der Planzeichner *Rosenstingl* eine maßstabgetreue Skizze des Geldloches anfertigte. Sowohl Hacker als auch Nagel fühlten sich als Kinder der Aufklärung weit über die phantastischen Erzählungen der Leute im Ötscherland erhaben, die an dem Aberglauben ihrer Vorfahren noch immer hartnäckig festhielten.

Großen Auftrieb erhielt die Höhlenforschung im Zeitalter der

Ötscher-Tropfsteinhöhle im Naturpark Tormäuer

Romantik. Die Menschen dieser Epoche schwärmten für das Geheimnisumwitterte, Dunkle und Abgründige. Die touristischen und wissenschaftlichen Errungenschaften, die sich durch diese Einstellung anbahnten, kamen auch der Erforschung des „Geldloches“ zugute. Im Jahre 1808 unternahmen der Direktor des Wiener Naturaliencabinetts und sein Kollege vom technologischen Cabinett einen Ausflug in die große Ötscher-Eishöhle. Als Trophäen ihres Abenteuers nahmen sie Fledermäuse mit aus der Tiefe.

Der Abt des Stiftes Lilienfeld und Dichter Ladislaus *Pyrker* berichtete über eine Höhlenexpedition, an der auch ein Mitglied des Kaiserhauses, Erzherzog *Ludwig*, teilnehmen wollte.

Um die Mitte des vorigen Jahrhunderts war das „Geldloch" wieder nahezu in Vergessenheit geraten. Als im Jahre 1847 Gaminger Herrschaftsangestellte die Höhle betraten, glaubten sie, die ersten gewesen zu sein, die ihren Fuß in die finsteren Stollen und Hallen gesetzt hatten. 1855 unternahm Adolf *Schmidl* eine Ötscherhöhlenexpedition. Die hohen bergsteigerischen Anforderungen und die Furcht, die ihn in dem unheimlichen Höhlenlabyrinth beschlich, bewogen ihn schon bald zur Umkehr. Nach der Gründung des ersten Vereins der Höhlenforscher in Niederösterreich im Jahre 1879 wurde das „Geldloch" zum Ziel zahlreicher Expeditionen und Einzelbegehungen.

Nach dem Ersten Weltkrieg setzte dann ein wahrer Sturm auf die niederösterreichischen Höhlen ein, aus deren phosphathältiger Bodenschichte man Dünger für die Landwirtschaft gewinnen wollte. Im Jahre 1923 wurde eine ganze Kompanie eines österreichischen Infanterieregimentes aufgeboten, um gemeinsam mit Höhlenforschern das „Geldloch" bis in seine größten Tiefen zu untersuchen. Es gelang damals, bis zu einer Tiefe von 410 Metern in die Höhle hinabzusteigen. Späteren Expeditionen gelang es, 3500 Meter weit in das „Geldloch" einzudringen, wobei zwischen dem höchsten und dem tiefsten Punkt der Höhle ein Höhenunterschied von 524 Metern gemessen wurde. Seither gilt der Ötscher unter den Höhlenforschern nicht zu Unrecht als Weltattraktion.

Via sacra

Die heilige Straße nach Mariazell

Der lateinische Name „Via sacra“ — zu deutsch „Heilige Straße“ — ist seit alters her die Bezeichnung für den Weg, den die Wallfahrer vom Nordosten aus nach Mariazell, dem größten und am meisten geschätzten österreichischen Wallfahrtsort, einschlugen. Diese Straße beginnt bei der „Spinnerin am Kreuz“, einer gotischen Wegsäule am damaligen Stadtrand Wiens — heute zieht die sechsbahnige Triester Straße an ihr vorbei —, und führt über Mödling durch die Klause in das Tal der Brühl, das schon Ludwig van Beethoven mit den Worten lobte: „Wieder drei Tage in der göttlichen Brühl.“ Durch Hinterbrühl und an der Höldrichsmühle mit der Schubertlinde vorbei führt die Wallfahrtsstraße durch den südlichen Wienerwald weiter nach Gaaden und Heiligenkreuz, dem ältesten, im Jahre 1135 gegründeten österreichischen Zisterzienserstift, nach Alland und über den Hafnerberg nach Altenmarkt ins Triestingtal.

Auf dem Hafnerberg steht eine sehenswerte Barockkirche, „Unserer Lieben Frau“ geweiht. Im Jahre 1716 entstand hier eine kleine Kapelle. Der Wiener Sattlermeister Adam Petrus erwies sich als großer Mäzen. Er ermöglichte in den Jahren 1743—1748 den Bau dieser Kirche mit einem großen Kuppelfresko des Barockmalers Ignaz Mildorfer, das die Himmelfahrt Mariens zeigt. An weiteren Kunstschätzen sind der prächtige Hochaltar, die reizvolle Kanzel, die schöne Orgel und die Rokoko-Gitter zu nennen. Ob dieser wertvollen Schätze ist die Kirche meist gesperrt, doch ermöglicht der Pfarrer gerne den Besuch der Kirche.

Über Altenmarkt, Kaumberg, den Gerichtsberg und durch das

Gölsental nach Hainfeld, Lilienfeld, Türnitz, Annaberg, Wienerbruck und Josefsberg erreichten die Wallfahrer nach rund 135 Kilometer langem Marsch die Gnadenkirche in Mariazell.

Wer etwas tiefer in die Vergangenheit der Via sacra eindringen will, dem sei ein Besuch des erst vor einigen Jahren eröffneten Wallfahrtsmuseums in Kleinmariazell empfohlen. Hier sind die bunten, von hinten beleuchteten Glasbilder des Malers Eduard *Gurk* ausgestellt, der im Jahre 1833 König Ferdinand V. von Ungarn auf seiner Wallfahrt nach Mariazell begleitete. Das Niederösterreichische Landesmuseum konnte diese 40 Aquarelle aus ehemals kaiserlichem Besitz erwerben und hat 36 davon in Kleinmariazell ausgestellt. In überaus lebendiger Form zeigen sie den Zug der Wallfahrer. In Alland steigen Wolken auf. Licht und Schatten geben den Hügeln des Wienerwaldes eine plastische Wirkung. Ein Gewitter prasselt nieder, die Straße hat sich in einen Bach verwandelt. Ein paar Wallfahrer, ein alter Mann und ein Bub, zotteln hinten nach. Ein entzückendes, fast filmartiges Dokument aus der Biedermeierzeit, das einen lebendigen Eindruck von den Bräuchen und dem Leben dieser Zeit gewährt.

Doch so genau wie hier und wie sie der Kupferstecher und Maler Eduard *Gurk* im Jahre 1833 aufgezeigt hat, läßt sich die heilige Straße nicht festlegen. Es gab mehrere Varianten. Pilger, die aus der Wiener Neustädter Gegend kamen, bevorzugten die Straße durch das Tal der Piesting über Pernitz und Gutenstein und weiter über Rohr im Gebirge, den Ochsattel, St. Aegyd am Neuwalde, das Kernhofer Gscheid und Terz durch das Halltal nach Mariazell. In Terz wird die niederösterreichisch-steiermärkische Grenze überschritten. Deshalb heißt auch heute noch ein Gasthof „Zur österreichischen Grenze“.

Auf dieser Strecke ist vor allem das Servitenkloster auf dem Mariahilfberg bei Gutenstein sehenswert, zu dem eine kurze Mautstraße emporführt. Die Wallfahrtskirche entstand um das Jahr 1700. Interessant ist der gleich links beim Eingang stehende Armenseelenaltar, der nackte Menschenleiber zwischen roten Flammen zeigt. Vom Kircheneingang hat man einen schönen Blick auf den 2075 Meter hohen Schneeberg, dem höchsten Berg Niederösterreichs.

Manchen Wallfahrern waren diese Wege noch zu bequem. Das beweist unter anderem der kleine „Wastl“, der während der Sommermonate neben dem Waldbauernmuseum in Gutenstein in einem ein Meter hohen Bildstock aufgestellt wird. Die daneben aufgestellte Tafel erklärt: „An der Stelle dieses Engels im ausgehöhlten Baumstamm stand eine Sandsteinstatue des heiligen Sebastian. Hieher auf die hochgelegene Maumau-Wiese kamen Wall-

Kleinmariazell: Deckenfresko in der Wallfahrtskirche „Mariä Tempelgang“ von Johann Bergl (1764)

fahrer in Zeiten der Pest und in Kriegsnöten. Auch bei Augenleiden und Keuchhusten wurde die Hilfe des heiligen Sebastian angerufen. Kleidung und Schmuck entsprechen genau der Überlieferung.“ Die Figur gleicht einem pausbäckigen kleinen Engel, soll aber ein heiliger Sebastian sein, weshalb er auch vertraulich „Wastl“ genannt wird. Er erhält alljährlich ein neues weißes Hemd und hat sogar Wollsocken an, was man freilich nur sieht, wenn man ihm vorwitzig ein wenig das Gewand hebt. Der „Wastl“ hat nicht nur Pestilenz und Kriegsnöte überstanden, sondern auch das Verbot des Kaisers *Josef II.*, Heiligenfiguren mit Textilien zu bekleiden.

Man sollte jedoch nicht versäumen, auch das Waldbauernmuseum selbst zu besuchen, das in der Alten Hofmühle gegenüber dem imposanten Schloß der Grafen Hoyos untergebracht ist. Wilhelm *Ast* und seine Gattin Hiltraud haben hier in letzter Stunde gesammelt, was noch an alten Gegenständen aus der Waldbauernzeit aufzufinden war, wie Holzhauerwerkzeuge, Werkzeuge der Kohlenbrenner, Harzgewinnung, Pechsiederei, Schindelerzeugung, aber auch ländlichen Hausrat.

Die von Wien aus in der Regel begangene Route der heiligen Straße führt, wie schon erwähnt, über Hafnerberg durch das Triesting- und Gölsental, über Hainfeld, Lilienfeld und Türnitz nach Annaberg. Annaberg liegt 970 m hoch auf einer Paßhöhe, von der man einen schönen Blick auf den mächtigen 1892 m hohen Ötscher hat, wenn sein Gipfel nicht gerade von Wolken umhangen ist. Die Kirche ist der heiligen Anna geweiht und wurde in den Jahren 1327 und 1444 erbaut. Die schöne Kanzel entstand 1700 und der prächtige Hochaltar 1686.

Josefsberg ist mit 1012 m Seehöhe eine der höchstgelegenen Ortschaften Niederösterreichs. Es liegt auf einer Hochfläche am Westhang des 1238 m hohen Alpl. Die barocke Pfarrkirche mit einem marmornen Hochaltar aus dem Jahre 1644 ist dem heiligen Josef geweiht.

So ist die heilige Straße nicht nur eine kulturelle und geschichtlich interessante, sondern auch landschaftlich eine überaus reizvolle und abwechslungsreiche Straße.

Minnesang und Mödlinger Tänze

Als „Medilihha" schon im Jahre 903 genannt

Viele Österreicher wissen von Mödling nicht viel mehr, als daß es eine Stadt im Süden Wiens ist, in einer romantischen Gegend am Ausgang der Brühl gelegen ist und irgendwie mit den Babenbergern zu tun hat. Aber es ist weitaus weniger Menschen bekannt, daß das Gebiet seit mehr als 5000 Jahren in fast ununterbrochener Kette als Siedlungsraum nachgewiesen ist und der erste Mödlinger, der namentlich bekannt wurde, ein Maurermeister aus der Römerzeit war.

Handwerk, Gewerbe und Handel haben auf dem Boden dieser schön gelegenen, traditionsreichen Stadt, die von der Geschichte geprägt ist, zu allen Zeiten, vor allem aber vom frühen Mittelalter an, eine Heimstatt gefunden. Der Ort wird in einer Urkunde im Jahre 903 erstmals genannt, ist seit dem 12. Jahrhundert als Pfarre ausgewiesen und erhielt noch vor 1343 das Marktrecht, nachdem kurz vorher ein stärkerer wirtschaftlicher Aufstieg eingesetzt hatte.

Obwohl es später noch mancherlei Wechselfälle gegeben hat, wuchs die Siedlung dank ihrer günstigen geographischen Lage. Als Kaiser *Friedrich III.* dem Markt 1458 ein Wappen verlieh, zählte dieser bereits 250 Häuser. Brände, zwei Türkenkriege sowie Franzoseninvasionen und Seuchen richteten auch in den späteren Zeitläuften verheerende Schäden an, konnten aber den weiteren kontinuierlichen Aufschwung nicht mehr verhindern. Unter dem Bürgermeister Josef *Schöffel,* dem „Retter des Wienerwaldes", der für Mödling eine neue Epoche einleitete, erfolgte dann am 18. November 1875 die Erhebung zur Stadt.

Seit Anfang des 13. Jahrhunderts war der Ort Sitz der „Herzöge von Mödling", einer Seitenlinie der Babenberger, die auf der rund 200 Jahre zuvor erbauten Burg Hof hielten. Walther von der Vogelweide sang dort seine Minnelieder und rühmte die Freigebigkeit des Burgherrn Heinrich. Der Markt bewahrte sein mittelalterliches Gepräge bis tief in das 19. Jahrhundert hinein und spiegelte mit seinen vier wehrhaften Toren, dem malerischen Markt, wo die Gerichtsschranne stand, und den anderen sakralen und profanen Bauwerken aus der Vergangenheit das Werden einer tausendjährigen Geschichte wider.

Mit dem Erwachen der Naturbegeisterung zu Beginn des 19. Jahrhunderts nahm für Mödling eine neue Aufwärtsbewegung ihren Anfang. Der Ort und seine Umgebung wurden nun zum beliebten Ausflugsziel und zur bevorzugten Sommerfrische. Vor allem das romantische Durchbruchstal des Mödlingbaches zum Wiener Becken, die Brühl, war bald bei Wanderern und Naturschwärmern begehrt. Die Gegend hatte damals einen neuen Mäzen gefunden. Fürst *Johann I.* von Liechtenstein, der seit 1808 wieder die Herrschaft besaß, ließ durch die Klausen mit Brücken besetzte Promenadenwege anlegen und die Höhen mit romantischen Bauten schmücken. Die heute verfallene Burg wurde 1812 restauriert.

Aus derselben Zeit stammen auch der „Husarentempel", die vom Volkswitz als „Pfefferbüchsel" bezeichnete Johanneskapelle, das Amphitheater und die künstlichen Ruinen auf dem Kleinen Anninger.

Bevor 1841 der erste Zug der Südbahn von Wien nach Mödling verkehrte, stieg man in der Metropole in den Post- oder Stellwagen ein, die vom Gasthof „Zum Schwan" am Neuen Markt und vom Matschakerhof in der Spiegelgasse abfuhren, man benützte aber auch die beliebten Zeiserlwagen oder das eigene Gefährt. Im freundlich gestalteten Naturpark des Brühler Talkessels, gern auch die „unterösterreichische Schweiz" genannt, befand sich das Gasthaus „Zu den zwei Raben", ein beliebter Treffpunkt der Ausflügler. Dort spielte eine kleine Musikkapelle, und *Beethoven* verdankt dieser Spielgruppe die Anregung zu seinen volkstümlichen „Mödlinger Tänzen", die er gleichzeitig mit der „Missa solemnis" schuf. Der Musikerheros hatte schon in früheren Jahren gern mit seinem Freund Baron Gleichenstein und der schönen Therese, der Tochter des Gutsbesitzers Malfatti, die pittoreske Gegend durchstreift. In den Jahren 1818, 1819 und 1820 wohnte er dann, schon fast taub, drei Sommer hindurch in Mödling, zuerst beim Hafnermeister Duschek in der Hauptstraße und zuletzt im „Christhof" in der Babenbergerstraße. Aber auch viele andere bedeutende Künstler haben in Mödling Quartier bezogen, so

Das Rathaus in Mödling. Renaissancebau aus dem Jahre 1548.
Im Hintergrund die gotische St.-Othmar-Kirche

Schubert, Grillparzer, Hugo Wolf, Schönberg, von Webern, Wildgans, Csokor, Waldmüller, Rudolf von Alt und Schiele.

Nicht nur der Fremdenverkehr brachte neue Impulse, auch Handel, Gewerbe und Industrie nahmen eine erfreuliche Entwicklung. Schon immer Mittelpunkt des umliegenden Wienerwaldgebietes mit dem großen Wirtschaftsbereich des Stiftes Heiligenkreuz, wurde Mödling der bevorzugte Ort des wirtschaftlichen Geschehens. Bis ins 15. Jahrhundert können die gewerblichen Organisationen und Zechen zurückverfolgt werden. Die Fleischer hatten bereits 1778 auf dem Schrannenplatz, wo eine hölzerne Hand mit dem Schwert die Gerichtsbarkeit der Gemeinde symbolisierte, ein eigenes Zunfthaus. Aber auch die Bäcker, Müller, Schlosser, Schmiede, Wagner, Faßbinder, Tischler, Maler, Bauleute, Waffenerzeuger, Kürschner, Kleider- und Schuhmacher, Gastwirte sowie Fuhrleute waren vertreten und vielfach in Innungen zusammengeschlossen. Damals wurden täglich zehn Stellfuhren von Wien nach Mödling gefahren. Die Mödlinger Kipferl waren einst so berühmt, daß die Kaiserin sie sich 1699 eigens durch reitende Boten besorgen ließ.

Im selben Zeitabschnitt wie das Gewerbe entwickelte sich eine leistungsfähige Industrie. Das erste Unternehmen dieser Art, eine Seidenbandfabrik, erstand 1786 im aufgelassenen Kapuzinerkloster und brachte es bald auf 100 Beschäftigte. Nach dem Wiener Kongreß gab es in Mödling bereits sechs Fabriken.

Seit sich Mödling, das stark unter der Besatzung zu leiden hatte, 1955 von Groß-Wien lösen konnte, wohin es in der Hitler-Ära geschlagen worden war, gelang der Stadt der Schritt in die Zukunft. Gleichwohl bedeutet die Nähe der Bundeshauptstadt für Handel und Industrie in Mödling eine starke Konkurrenz, doch die angestrebte Spezialisierung der Betriebe und ein wettbewerbsfähiges Warenangebot, das Mödling als Einkaufszentrum der umliegenden Gemeinden attraktiv macht, haben ihre Wirkung nicht verfehlt.

Das Lustschloß Laxenburg

Glanz, Verfall und Wiederaufbau

In neuem Glanz leuchten die grotesken Masken über den Bogen, das hölzerne Gitterwerk der „Grillagen“ wurde ergänzt und wieder grün und weiß gestrichen. Kaum ein anderer Bau im Park von Laxenburg zeugt so deutlich von der „Wiedergeburt“ der gesamten Anlage wie jenes „Grüne Lusthaus“, nach dem Deckenfresko in seinem Inneren auch „Dianatempel“ genannt. Ein altes Archivfoto bietet als Vergleich den besten Beweis: Ein trister Befund des Verfalls — einige der Vasen vom Dach waren verschwunden, das ganze filigrane Gefüge verwittert und angefault, Teile herausgebrochen. Schnee und Regen, Gleichgültigkeit und Devastierung schienen auf die völlige Zerstörung des kleinen Pavillons hinzuwirken. Die liebenswürdige Schöpfung köstlicher Zwecklosigkeit war für härtere Zeiten nicht robust genug. Nun, diese Phase ist zum Glück überwunden. Wiedergeschenkt wurde uns das schönste, bezauberndste Gartenhäuschen im weiten Umkreis von Wien, ein Gebilde spätbarocker Phantasie, Mittelpunkt sternförmig darauf zuführender Wege und letztes Relikt der alten theresianischen Parkgestaltung.

Wer weiß heute noch, was „Pharao“ war? — So hieß ein Kartenspiel des 18. Jahrhunderts; und wer das Bild des alten Ägypters im Blatt hatte, dem winkten alle Gewinnchancen. Am Pharao „erlustierte“ sich die Hofgesellschaft, eben in jenem Dianatempel, mitten im Grünen. Die Bank hielt der Kaiser, der lothringische *Franz,* und *Maria Theresia* beteiligte sich gern an den Partien. Vielleicht dachte sie in der unbeschwerten sommerlichen Stimmung oft an ihren Vater zurück, an *Karl VI.,* der hier in Laxenburg die Pragmatische Sanktion entworfen hatte, mit der er ihr die Erbfolge sicherte. Ein Staatsakt von höchster Wichtigkeit, zwischen Reiherbeize und Festen konzipiert. Karl VI., der große Waidmann, hatte eine besondere Vorliebe für die alte ritterliche Übung der Falknerei. In Laxenburg begründete er einen Falkenhof und aktivierte die Reiherzucht, wozu diese Landschaft, wie man in einem zeitgenössischen Bericht liest, „wegen der schönen Plaine, verschiedener Teiche und Lacken ungemein wohl gelegen ist".

Damals war noch das „Alte Schloß", die einstige Wasserburg, Wohnsitz der kaiserlichen Familie. Dort in den Revieren genoß der Herrscher die Freuden der Natur, frei vom üblichen Zeremoniell, als erster Jäger und Falkner seines Kreises. Der Hofpoet Pietro *Metastasio* drückt solche Empfindungen in einem italienisch abgefaßten Vierzeiler aus. In deutscher Übersetzung lautet er: „Laxenburg ist kein Schloß / Laxenburg ist keine Stadt / Aber ein schöner Ort / Der Seiner Majestät gefällt." Doch erst unter Maria Theresia stieg dieser „schöne Ort" zur glanzvollen Hofhaltung empor, die fast an Schönbrunn heranreichte. Alles wurde nun in Planung und Realisierung weiträumiger, großzügiger, durch Zukäufe und Tausch von Besitzungen. Den entscheidenden Tausch tätigte die Kaiserin mit Feldmarschall *Daun*. Dem getreuen Paladin gehörte der sogenannte „Blaue Hof". Für diesen Bau bot sie ihm das Grünne-Haus, ein reizvolles Schlössel, das heute noch besteht (Geheimtip für Kenner und Liebhaber: das Deckenfresko im Mittelsalon!). Den Blauen Hof aber ließ Maria Theresia zu einer wahrhaft kaiserlichen Sommerresidenz umgestalten — so wie es die Habsburger bei ihren Lustschlössern immer taten: sie instrumentierten gleichsam nicht mit Fanfarenstoß, Paukenwirbel und Tschinellenschlag, sondern im Ton eines Haydn-Quartetts. Nicht zu prunken galt es, sondern nobel zu sein.

Die zurückhaltenden Formen des Gebäudes verraten die großartige Gesinnung der Auftraggeberin und ihres bedeutenden Architekten Nikolaus *Pacassi*. Aus der Verbindung des Blauen Hofes mit den Trakten eines kleinen Theaters, eines „Passespielhauses", des Speisesaalflügels und den Stallungen entstand eine bauliche Schöpfung, die, vereinfacht, Anklänge an Schönbrunn aufweist, doch in ihrer breit hingelagerten Ausdehnung im ebenen Raum fast wie ein großes ungarisches Adelsschloß wirkt.

So wurde Laxenburg zu einer der Szenerien unter der Sonne des „Ancien Régime", des fürstlichen Landlebens, wie es sich in solcher kulturellen Höhe nur im 18. Jahrhundert zu entfalten vermochte. Man „ergötzte" sich und suchte „Plaisir", um es im gebotenen Stil zu sagen, doch niemals in so bedenkenlos isolierter Schäfer-Idylle und raffinierter Überfeinerung wie es zur selben

Schloß Laxenburg. Spätbarocker Bau aus der Zeit der Kaiserin Maria Theresia

Zeit in Versailles geschah, sondern dem Volk näher verbunden, familiärer, eben nach der Wesensart der Landesmutter. Und über all den Lustbarkeiten vergaß Maria Theresia auch in diesem Tusculum nie ihre Pflichten.

Josef II. legte keinen Wert darauf, daß seine Suite in der vorgeschriebenen Hoftracht erschien. Wie in Wien bevorzugte der Herrscher auch in Laxenburg statt der bis dahin dort gespielten französischen Komödien und Ballette deutsche Theaterstücke. Vor allem aber geht auf seine Ära die nachhaltigste Veränderung zurück: er kommandierte Pioniere ab, die aus dem repräsentativen Barockpark die milde Landschaft eines Naturgartens nach dem damals neuartigen „englischen Geschmack" machten.

Einige Jahrzehnte später fuhr auf jener Strecke, die von Schönbrunn direkt nach Laxenburg führt, durch die lange sommerliche Pappelallee in offener Kalesche ein hagerer Herr mit Zylinder: Kaiser *Franz I.* Das Kulturdenkmal seiner Epoche ist die Franzensburg und der sie umgebende „Rittergau".

War dieser Monarch seinem Wesen und seinen Neigungen nach Zivilist, genauer gesagt der prägende Typus des altösterreichischen Hofrats, so faszinierte seinen Enkel *Franz Josef* alles Militarische. Für ihn war es das höchste Glück, daß er in Laxenburg mit seinen Brüdern direkt über der Schloßwache wohnen durfte. Bis in sein frühes Mannesalter blieb er diesem Sommersitz verbunden. Emsige Lithographen der Zeit zeichneten ein „Sissy"-Idyll: der junge Kaiser in Ulanenuniform, an seinem Arm die schöne Wittelsbacherin, im Hintergrund Baumwipfel und die Franzensburg. 1858 kam in einem Eckzimmer des Blauen Hofes Kronprinz *Rudolf* zur Welt. Sein Vater verlor allmählich das Interesse an Laxenburg, aber sobald Rudolf erwachsen war, hielt er sich des öfteren dort auf — der letzte habsburgische Bewohner in friedlichen Jahren. Nach ihm kam nur mehr Kaiser *Karl I.*, und da beherrschte bereits das Feldgrau das Bild vor dem schönbrunnergelben Hintergrund, und statt unbeschwerter Feste gab es ernste Lagebesprechungen und Unterhandlungen mit einem gleichfalls feldgrauen Gast: Kaiser *Wilhelm II.*

Das Jahr 1945 war für Laxenburg das Jahr Null. Was vom Blauen Hof übrigblieb, war eine verwüstete, leere Hülle aus bröckelndem Mauerwerk — oder wie Roland *Rainer* schrieb: „Für die Zeit des Pferdefuhrwerks haben Wien, Schönbrunn und Laxenburg eine Einheit gebildet. Für die Zeitgenossen der Weltraumschifffahrt liegt Laxenburg weit außerhalb von Wien, ein verfallenes Schloß und ein verwilderter Park." Es war die Sorge um den endgültigen Verlust, die dem bedeutenden Architekten diese Worte diktierte. Inzwischen setzte eine neue Phase ein: Restaurierung des Blauen Hofes und der Franzensburg; weitere Wiederherstellungsprojekte auf lange Sicht folgten. Ein unschätzbarer Neugewinn, nicht nur für Österreich, sondern für ganz Europa. Denn dieses Laxenburg, der „schöne Ort" Karls VI., wäre und ist bereits ein idealer Ort für die kulturelle Begegnung und für den Dialog mit dem Gestern, dem Heute und dem Morgen.

Grenadiermützen und Ehrenbanner

Das Wiener Neustädter Bürgerkorps pflegt alte Traditionen

In früheren Jahrzehnten hatte eine österreichische Fronleichnamsprozession eine besondere Note: als Ehrenwache für das Allerheiligste marschierte Militär auf, in Paradeadjustierung mit Eichenlaub und stramm geschultertem Gewehr. Und alle Kinder warteten gespannt auf die *„Generaldecharge"*, auf die feierlichen Salven, die in den Frühsommerhimmel krachten. In zahlreichen dörflichen Gemeinden und Kleinstädten, wo keine Garnison lag, war Fronleichnam der große Tag für die pittoresken Bürgergarden und Schützenkorps, die sich am frühen Morgen in altväterisch-martialischer Pracht vor ihrem behäbigen Hauptmann versammelten, um nach altem Brauch mit Fahne und klingendem Spiel auszurücken.

Dieser Überlieferung getreu, treten beim Großen Stadtumgang in *Wiener Neustadt*, am Sonntag nach Fronleichnam, Bürger in historischen Uniformen in Erscheinung, denn das „Privilegierte uniformierte, bewaffnete Bürgerkorps zu Wiener Neustadt", wie es heute noch heißt, ist die *einzige Bürgergarde* Niederösterreichs, die nach dem Abzug der Besatzungsmacht reaktiviert wurde. Das Kommando führt ein „wohlbestallter Bäckermeister", wie man einst zu sagen pflegte; er trägt die drei goldenen Sterne des Hauptmanns auf dem roten Stehkragen.

„Wir sind das älteste Bürgermilitär im ganzen deutschsprachigen Raum überhaupt", führt er aus. „Die erste herzogliche urkundliche Bestätigung erfolgte Anno 1231, und dieses Jahr gilt als *Gründungsjahr* des Korps." Immer wieder mußten die Bewohner der mittelalterlichen befestigten Stadt zu den Waffen greifen, wenn feindliche Heere aus dem Osten vordrangen.

Schon unter Kaiser *Friedrich III.* erschienen die bewaffneten Bürger gleichmäßig gekleidet, die Mannschaft mit Lanzen, die Offiziere mit Partisanen, und 1464 wurden sie zum erstenmal als „Bürgerwehr“ bezeichnet. Im Kampf gegen König *Matthias Corvinus* machte die Stadt eine lange harte Belagerung durch und mußte, von äußerer Hilfe abgeschnitten und vom Hunger bezwungen, dem Ungarn ihre Tore öffnen. Doch der ritterliche Matthias achtete den tapferen Feind, bestätigte den Bürgern alle Privilegien und verlieh der Stadt alle Rechte einer ungarischen Freistadt.

Als *Maximilian I.* am 17. Juli 1515 seinen feierlichen Einzug in *Wien* hielt, war es der Neustädter Stadthauptmann *Melchior von Wassmünster,* der das kaiserliche Ehrengeleite anführte. Anno 1529 stand der heidnische Erbfeind vor Neustadt. An einem Tag unternahmen die Türken sieben Sturmangriffe, die von der Besatzung abgeschlagen wurden, obwohl in der Festung großer Mangel an Mannschaft, Geschütz und Pulver herrschte.

Im 17. Jahrhundert enthielt das unter *Ferdinand I.* errichtete Bürgerliche Zeughaus eine beachtliche Anzahl leichter und schwerer Waffen, darunter Feldschlangen wie die „König Ferdinandinische Sängerin“, die 25 Pfund Eisen verschoß.

In Anerkennung „ihrer durch Jahrhunderte in vielen und großen Drangsalen nie gebrochenen Treue“ verlieh Kaiser *Leopold I.* den Wiener Neustädtern Anno 1704 ein Ehrenbanner aus roter Seide mit den goldenen Inschriften „Pro Caesare et Religione“ und „Semper fidelis Civitas Neostadiensis 1704“. Unter *Maria Theresia* bekamen die Offiziere das Vorrecht, das Portepee und sonstige militärische Ehrenzeichen zu tragen.

Während der friedlichen *Biedermeierzeit* erhielt das Bürgermilitär genaue Statuten. In neunundzwanzig Paragraphen wurden alle Rechte und Pflichten festgelegt, zu denen die „Handhabung der inneren Sicherheit . . . bei dem gänzlichen Abzuge der Garnison“ und die „Verherrlichung öffentlicher Feierlichkeiten“ gehörten. Diese Bürgersoldaten müssen sehr stramm gewesen sein, ließ ihnen Kaiser *Franz Josef* doch einmal mitteilen, daß er „noch kein Korps so gut defilieren gesehen habe“. Da das Korps aber nicht nur als Paradetruppe in Erscheinung trat, sondern auch Schießübungen abhielt und Patrouillendienst versah, überließ das Kriegsministerium den Wiener Neustädtern Werndlgewehre aus den Beständen der Wiener Burggendarmen.

Im *Jubiläumsjahr 1904* gliederte sich das Korps in eine Grenadierkompanie und zwei Füsilierkompanien unter dem Kommando eines Majors. Die Uniform bestand aus einem dunkelblauen Waffenrock mit roten Abzeichen und schwarzen Pantalons; die

Das Wiener Neustädter Bürgerkorps präsentiert das Gewehr

Grenadiere trugen dazu große Bärenmützen und gekreuztes weißes Riemenzeug, die Füsiliere den Infanterietschako und den schwarzen Leibriemen. In dieser Adjustierung marschierte das Korps auch nach 1918 durch die Straßen Wiener Neustadts, als der Doppeladler auf seiner Fahne nur mehr ein Symbol vergangener Zeiten war . . .

Ein Bombentreffer zerstörte das interessante *Korpsmuseum,* die Bestände des Depots gingen größtenteils verloren, und in den folgenden Jahren war nicht daran zu denken, die Traditionen des

Korps weiterzuführen, denn für die „Kommandantura" wäre auch ein alter Grenadiersäbel höchst verdächtig gewesen.

Aber schon 1956 ging eine Gruppe von Wiener Neustädter Bürgern daran, das Korps neu zu gründen. Man sammelte alles, was noch an Ausrüstungsstücken vorhanden war: die Grenadierpatronentaschen hatten, in einer unansehnlichen Kiste verpackt, den Krieg überstanden, auch ein paar Werndlgewehre kamen wieder zum Vorschein, die fehlenden wurden in Tirol gekauft, das *Leopoldinische Ehrenbanner* und die Korpsfahne waren von Privatleuten gerettet worden, einige Förderer ermöglichten die Neuanschaffung von Uniformen und Pelzmützen. Bald konnte ein Grenadierzug in der Stärke von 40 Mann aufgestellt werden, der nun an vielen Feierlichkeiten in der Stadt und auswärts teilnimmt. Weitere Publikumskreise konnten sich über das Korps und seine lange Geschichte in der Ausstellung „Wiener Neustadt Festung — Residenz — Garnison" (1972) informieren. Auch das Bundesheer würdigte die historische Rolle dieser Feiertagssoldaten. Es ist selbstverständliches Gewohnheitsrecht, daß sie jeweils zu den Abmusterungen der Militärakademie ausrücken. So bringen die Grenadiere in das feldgraue moderne Gesamtbild einen malerischen Akzent und letzte Impressionen längst abgeblasener Paraden.

Die Fabrikskirche von Nadelburg

Ein Industriedenkmal auf dem Steinfeld

Der Novemberwind singt sein Lied in fast kahl gewordenen Pappeln über die weite Ebene des Steinfeldes. Schnurgrad ziehen dort drüben die breiten Straßen, auf denen die Kolonnen der Fahrzeuge dahineilen. Geformt vom Werken und Wollen einer fleißigen Gegenwart ist das Bild der Landschaft vor den Toren der großen Stadt, die da Wiener Neustadt heißt. Wir aber stehen hier an still gewordenen Ufern jenes wunderlichen „Wiener Neustädter Canals“, der einmal die Lebensader des Steinfeldes sein sollte. Eine kühne Planung unternehmungslustiger Köpfe im Wien der Theresianischen Zeit, die da glaubten, einen Wasserweg von der Donau zur Adria schaffen zu können.

Man hatte auf diesen „Wiener Neustädter Canal“ große Hoffnung gesetzt. Man konnte auch von Wien aus mit einem der von Pferden gezogenen „Ordinarischiffe“ quer durch halb Niederösterreich nach Wiener Neustadt reisen. Damals, als mit den umfangreichen Siedlungs- und Industrialisierungsprogrammen *Maria Theresias* und ihres mitregierenden Sohnes *Josef* vor den Toren der „allzeit Getreuen“ auch die „Nadelburg“ entstanden ist. Heute wunderliches Baudenkmal einer bedeutsamen Epoche in Niederösterreichs Geschichte, einst aber soziales Musterbeispiel für die Anlagen von Fabrikskolonien in siedlungsarmen Gebieten. Auf unserer Fahrt durchs Steinfeld aber war diese „Nadelburg“ bedeutsames Ziel und Erlebnis eindrucksvoller Stunden . . .

Man hatte uns in Wiener Neustadt fast ein wenig mitleidig angelächelt, als wir nach der „Nadelburg“ gefragt hatten. Fünf, sechs

Leute in den von betriebsamem Leben erfüllten Straßen hatten nur erstaunt die Achsel gezuckt: Nadelburg? Nie gehört! Erst ein Schneidermeister — wir wollten bei der Wahl dieses Auskunftsmannes ganz bewußt eine Probe auf „fachliches Wissen" machen — konnte uns den Weg weisen: „Da fahren Sie nach Lichtenwörth hinaus! Dort finden Sie die Nadelburg mit der gewiß merkwürdigsten Fabrikskirche von ganz Niederösterreich!" Unser Gewährsmann hatte nicht übertrieben — die Kirche von Nadelburg mag getrost zu den seltsamsten Gotteshäusern im Lande unter der Enns gezählt werden. Schon ihre Geschichte ist eigenartig genug . . .

Die Fischa nimmt bedächtig ihren Weg durch die Ebene, und in den Wäldern, die da hinter dem kleinen Ort Lichtenwörth auftauchen, verlief einmal die ungarische Grenze. Eine „Gränzevöste" der Babenbergischen Landesfürsten ist einst das schmale kantige Schloß „Im lichten Werd" (also im lichten Auwald) gewesen. Um sie haben die Zeiten ein Pfarrdorf mit Gutshof der Neustädter Bischöfe entstehen lassen. „Selbiges Lichtenwerd ist bey der Nadelburg gelegen, und es ist hier eine k. k. Filialgränzmaut", vermeldet die berühmte Topographie des gewissenhaften niederösterreichischen Chronisten Wilhelm *Weißkern* aus dem Jahre 1768.

Schon dieser Vermerk unterstreicht die einstige, damals neu geschaffene Industrieanlage, die wir jetzt als heutigen Ortsteil von Lichtenwörth erreicht haben. Welch eine wunderbare Siedlung! Noch immer ist da die große Umfassungsmauer um die Anno 1753 angelegte Fabrikskolonie, und die drei großen Tore lassen diese einst als Siedlung von Nadelschmieden gegründete „Nadelburg" fast an ein altrömisches Militärlager erinnern. Aufgereiht wie Soldaten bei einer Parade die spitzgiebeligen einstigen Arbeiterhäuser, und ihnen gegenüber eine der alten Hallen mit vorgebautem Bogengang, der dem ganzen Straßenzug einst ein fast ungarländisches Gepräge gab. Dieser Laubengang wird jetzt wieder entstehen in alter Schönheit.

Die Hauptstraße von Nadelburg aber schließt jene eigenartige Kuppelkirche mit den zwei fremdartigen Seitentürmen ab, die der wackere Meister in Wiener Neustadt als „Fabrikskirche" bezeichnet hat. Ein seltsames Wort, das aber historisch begründet erscheint. Denn diese auf Wunsch ihrer Stifterin Kaiserin Maria Theresia der heiligen Theresia geweihte kleine Barockkirche ist eben ausschließlich für die damaligen Fabriksarbeiter zu Nadelburg errichtet worden.

Die Überlieferung behauptet, daß auf Wunsch der Kaiserin niemand Geringerer dieses Gotteshaus entworfen habe, als *Fischer*

Die „Fabrikskirche“ in Nadelburg (Lichtenwörth)

von Erlach. Allerdings dürfte — nach der Art der Ausführung zu schließen — der Meister mit dem Auftrag keine besondere Freude gehabt haben. Auch wenn da und dort in dem querovalen Raum ähnliche architektonische Ideen zu uns sprechen wie in der berühmten Wiener Karlskirche. Kühn geschwungen zeigt sich die Orgelempore, ein wahres Prachtstück aber ist das reiche Altartabernakel in vornehmer Ausgestaltung. In der Gesamtheit ein zu Unrecht vergessener Kunstschatz. Denn arg hat dem Bauwerk die Zeit mitgespielt, und viele Spuren erzählen davon, daß die Nadelburger Kirche während des letzten Krieges als Munitions-Depot und dann als Getreidemagazin „zur Dienstleistung herangezogen“ gewesen ist.

Lange stehen wir sinnend in der alten Kuppelkirche. Schreiten nachdenklich durch die stillen Gassen dieser mauerumgürteten „Nadelburg“ und lassen uns dabei manches erzählen aus dem Gestern und Heute. Das Gestern — das war die glanzvolle Zeit all dieser Steinfelder Industriesiedlungen mit dem damals gleichfalls neu entstandenen Zentrum Theresienfeld, wo heute noch vor der Kirche ein schlankes, rankes Standbild der jungen Maria Theresia mit einem ziersamen Bronzekrönlein auf dem anmutig profilierten Haupt Geschichte erzählt. Nur wollen die meisten der Autofahrer, die da auf der großen Bundesstraße vorüberflitzen, ihm nicht zuhören. Und doch verlohnen sich fünf oder zehn Minuten Aufenthalt! Denn dieses Theresienfelder Denkmal ist eines der ganz wenigen in Österreich, das die sonst immer nur thronende oder auf einer Porträtbüste abgebildete Monarchin stehend und in voller Lebensgröße zeigt.

Das Heute aber ist der Plan, den heimatbewußte Kreise ausgearbeitet haben, um diese Nadelburg im Steinfeld als ein österreichisches Kulturdenkmal zu erhalten. Denn sie ist die einzige der damals geschaffenen Werkssiedlungen, die heute noch im echten, alten Stil sich präsentiert.

Im Brucker Lager war Österreich

Von Kaiserjägern, Husaren, Ulanen und Bosniaken

Irgendwer hat irgendeinmal das niederösterreichische Bruck an der Leitha und das burgenländische Bruckneudorf mit siamesischen Zwillingen verglichen, die miteinander untrennbar verbunden, aber trotzdem ein gewisses Eigenleben zu führen gezwungen sind. Die unscheinbare Leitha spaltet das geschlossene Siedlungs- und Wirtschaftsgebiet in zwei Teile, heute, in der Republik, ebenso wie früher, als der Grenzfluß noch die beiden Reichshälften der Doppelmonarchie trennte. Damals, als die Leitha noch Staatsgrenze war und Bruckneudorf Kiralyhida (Königsbrücke) hieß, war die Trennung freilich noch schärfer als heute. Die Ungarn, die immer auf die Wahrung ihrer Rechte bedacht waren, bestanden auf ungarische Amtssprache und Aufschriften, die außer den paar stockmagyarischen Grenzern und Bahnbeamten niemand verstand, denn die Leute in Kiralyhida redeten das gleiche Deutsch wie die Brucker jenseits der rot-weiß-grünen Grenze.

Die erzwungene Zweigleisigkeit trieb die eigenartigsten Blüten. Da gab es im Ortsgebiet der Doppelgemeinde ein ungarisches und ein deutsches Postamt, einen ungarischen Bahnhof (es ist der heutige Bahnhof Bruck an der Leitha) und später, als die Bahn nach Hainburg gebaut war, einen deutschen Bahnhof und sogar ein deutsches und ein ungarisches Kaffeehaus! Über diese beiden Lokale schrieb Rudolf von *Eichtal*, der brillante Erzähler altösterreichischer Soldatengeschichten, in seinem Roman „Die goldene Spange": „... jeder einfache Soldat der Wiener Garnison wußte, daß Bruck zwei Kaffeehäuser hatte; ein höchst sittsames und langweiliges, das ‚deutsche', das in der österreichischen, und ein weniger sittsames, dafür aber bedeutend lustigeres, das in der ungarischen Hälfte des Ortes lag ..."

Das gastronomische Nationalitätenproblem hatte teilweise seinen Grund darin, daß das „Deutsche Kaffeehaus" nach der Brukker Sperrstundenordnung um zwei Uhr früh schließen mußte, während das „Ungarische Kaffeehaus" ohne jede Beschränkung offenhalten konnte und daher die Nachtschwärmer anzog. „Der Besitzer des Ungarischen Kaffeehauses", so schreibt Eichtal weiter, „war sich der Bedeutung seines Unternehmens wohl bewußt. Gerne überließ er dem Deutschen Kaffeehaus drüben jenseits der Leitha den Ruhm, mehr Tagesgäste, mehr Zeitungen und besseren Kaffee zu haben. Neidlos verzichtete er auf die Kundschaft der paar Spießbürger des Städtchens und der älteren Offiziere, die ins Kaffeehaus gingen, um in Ruhe ihre Zeitung zu lesen oder eine Partie Billard zu spielen." Im „Ungarischen Kaffeehaus" spielten Kaffee und Zeitungen keine Rolle. Hier wurde den jungen kaiserlichen Offizieren anderes geboten ...

In militärisch-dienstlicher Hinsicht gab es in Bruck keine Grenzprobleme. In unmittelbarer Nähe der Stadt hatte die alte Armee ihren wohl größten Übungsplatz, das „Brucker Lager", in dem bis zu fünf Regimenter Quartier beziehen konnten. Hunderttausende Soldaten haben hier ihre Ausbildung erhalten, und der „Brucker-Lager-Marsch" des böhmischen Militärkapellmeisters Johann Nepomuk *Kral*, der am Tullner Friedhof begraben liegt, war den Tiroler Kaiserjägern ebenso bekannt, wie den Husaren, den polnischen Ulanen oder den Bosniaken.

Die militärische Tradition Brucks ist uralt, jedenfalls älter als das Lager selbst. Lange noch bevor im Jahre 1866 die Gemeinden Bruck, Parndorf und Jois sowie die Grafen *Harrach* und *Batthyany* um den Preis von 529.914 Gulden und 93¾ Kreuzer eine Grundfläche von 1269 Joch an das Ärar abgetreten hatten, fanden in der Gegend regelmäßig Übungen der Sappeure und Mineure statt.

In den Jahren vor dem Ersten Weltkrieg wurde das Brucker Lager ständig erweitert. Ein Kavallerielager mit einem Fassungsvermögen für 10.000 Mann und 2300 Pferde sowie die Armeeschießschule mit 50 Schußlinien wurden angeschlossen, eine eigene Militär-Konservenfabrik, ein heereseigenes E-Werk und eine eigene Wasserversorgung errichtet. Man kann sich wohl vorstellen, daß sich der Lagerbetrieb und die ständige Anwesenheit so vieler Soldaten auf das Wirtschaftsleben Brucks sehr vorteilhaft auswirkten. Bedenkt man weiter, daß die Truppen meistens nach vierzehntägigem oder dreiwöchigem Aufenthalt wechselten und die neuankommenden Soldaten stets auch neues Geld mitbrach-

Turm der Stadtbefestigung aus dem 13. Jahrhundert in Bruck a. d. Leitha

ten, das zudem sehr locker in der Tasche saß, dann kann man sich ungefähr einen Begriff davon machen, wie sehr Handel und Wandel in der Stadt blühten. Nicht zuletzt am Anwachsen der Bevölkerung von 4132 Seelen im Jahre 1890 auf 5900 im Jahre 1910 kann man den Aufschwung erkennen. Schon 1890 gab es — ganz ungewöhnlich für eine so kleine Provinzstadt — 40 Lohnfuhrwerke („Zeugln"), die mit ankommenden oder abfahrenden Gästen stets zwischen dem deutschen oder dem ungarischen Bahnhof und dem Lager unterwegs waren. 1912 erhielt der Fuhrwerksunternehmer Karl *Ackerl* von der Bezirkshauptmannschaft die erste Konzession zum Betrieb einer „Automobil-Fiakerei". Im gleichen Jahr war der Straßenverkehr so stark angewachsen, daß sich die Gemeinde zur Erlassung von Verkehrsvorschriften und Verboten veranlaßt sah: Automobile durften im Ortsgebiet nur im Schritt fahren, Fahrräder — „Velozipeds" genannt — mußten geschoben werden. Sogar ein „Parkverbot" wurde notwendig, was insbesondere die schweren, mit Schilf, Stroh und Heu beladenen Fuhrwerke betraf; nur das kurzfristige Halten zum Abfüttern der Pferde war gestattet. An den Markttagen war der Zustrom von Fahrzeugen aus Wien und Ungarn besonders groß und das Verkehrschaos vollständig. Es blieb deshalb nichts anderes übrig, als ein generelles Fahrverbot für den Stadtbereich zu erlassen und auch zu untersagen, mehr als drei Pferde zu einer Koppel zusammenzuschließen, weil das bei den ungarischen Pferdehändlern übliche Nebeneinander von sechs Pferden zu schweren Verkehrsstörungen führte.

Mit dem Zusammenbruch der Monarchie im Jahre 1918 war auch die große Zeit des Brucker Lagers und damit das bunte Leben und Treiben in der Stadt vorbei. Das babylonische Sprachengewirr in den Brucker Wirtshäusern verebbte, die Soldaten strömten in alle Windrichtungen ab, ihrer Heimat zu, die nicht mehr das gemeinsame Vaterland war. Und wenn wir heute in Bruck und in Bruckneudorf noch etwas suchen, was „vom Doppeladler übriggeblieben ist", dann ist vielleicht das Augenfälligste das Standbild Kaiser *Franz Josefs* in der Parkanlage vor dem Bahnhof: Es ist ein richtiges Kuriosum, denn es ist das einzige Standbild des Herrschers in Österreich, das ihn als König von Ungarn darstellt.

Die militärische Tradition wird in Bruck an der Leitha heute so wie ehedem hochgehalten. Auch das junge Österreichische Bundesheer schickt seine Soldaten in das freilich klein gewordene Lager zur Ausbildung.

Advent beim »Blauen Herrgott«

Kunstschätze in Kirchberg am Wechsel

Über die Hochwaldwipfel der Wechselberge hat ein früher Winter schon feinen Neuschnee gestreut. In den Tälern brauen morgens die Nebel, und an manchen Tagen zeigt sich die Schönheit einer winterlichen Landschaft auch in der klirrenden Pracht des Rauhreifs. Fern ist die laute Welt, fern sind die großen Städte mit ihren emsigen Menschen. In dem Stück Niederösterreich aber unweit des gesegneten Marktes Kirchberg am Wechsel läßt sich noch jene kostbare Stille finden, die uns allen so not tut: Zufriedenheit und besinnliche Vorfreude auf die Zeit der herannahenden Weihnacht.

Eine sonntägliche Fahrt gilt einem besonderen Ziel: Wir sind unterwegs zum „Blauen Herrgott" — einem längst vergessenen Wahrzeichen aus einem längst vergangenen Wien, das sich gleichsam ins „Austragstüberl" zurückgezogen hat, in die altehrwürdige St.-Wolfgang-Kirche über Kirchberg am Wechsel. Unser Besuch bei diesem viel zuwenig gewürdigten Heiligtum wird zu einer echten Adventandacht bei Kunstschätzen, die diese Wolfgang-Kirche als eines der eigenartigsten Gotteshäuser im niederösterreichischen Land erleben läßt ...

Auf einem steilen Hügel, ein wenig außerhalb des Ortes, grüßt die wahrhaft steinalte Kirche, die dem Schutzpatron der Bildschnitzer, der Holzhauer und der Zimmerleute geweiht ist. Wahrscheinlich deshalb, weil in diesem so waldreichen Gebiet das Holz nicht nur durch viele Jahrhunderte den Bauern und Siedlern gleichsam das tägliche Brot gab, sondern auch die Kunst der Holzbearbeitung als volkstümliches Handwerk seit alters her um Kirchberg eine besondere Pflegestätte hat. Als schönes Zeugnis davon wird alljährlich in der gleichfalls jahrhundertealten Jakobskirche im Markt Kirchberg selbst in der Weihnachtszeit die „Kirchberger Krippe“ aufgestellt. Sie gilt als eines der schönsten echt bäuerlich gestalteten Schnitzkunstwerke im Wechselgebiet. Mit geradezu kindlicher Naivität haben einst namenlos gebliebene Krippenschnitzer hier das Wunder von Bethlehem dargestellt, wobei freilich die Größenverhältnisse zwischen den anbetenden Hirten, dem heiligen Paar und den staunenden Öchslein und Eselein nicht ganz stimmen. Aber es ist eine Darstellung, wie sie uns seit Kindertagen aus der biblischen Geschichte vertraut ist. Und natürlich ist der Stall zu Bethlehem eigentlich eine Bauernscheune aus dem Wechselgebiet! Die Überlieferung erzählt, daß der im Vordergrund betende Hirt sein blaues Gewand durch Übermalung erst in dem Jahr erhielt, als das Bildwerk „Der Blaue Herrgott“ seinen Einzug in die Holzschnitzer-Kirche des heiligen Wolfgang genommen hat . . .

Es ist eine richtige Adventgeschichte, die wir da über den „Blauen Herrgott“ zu hören bekamen. In einer kleinen Seitenkapelle der erstaunlich stattlichen gotischen Kirche steht diese rührend naiv gearbeitete Holzstatue, deren faltenreiches Gewand von der Schulter bis zu den Füßen hellblau angestrichen ist. Einst war die Figur das Hauszeichen des Wiener Versorgungshauses in der Wiener Alser-Vorstadt, wohin sie von dem alten St. Marxer Spital übernommen worden war. Nach dem Abbruch dieses Hauses „Zum Blauen Herrgott“ im Jahre 1880 wurde die Figur verkauft und kam dann — durch wen, läßt sich heute nicht mehr genau ermitteln — in die Kirchberger St.-Wolfgang-Kirche, in der sich im Laufe der Zeit auch andere Kunstschätze durch Spenden und Schenkungen eingefunden haben, so etwa die großartige Steinkanzel. In den Tagen der Babenberger stand sie in der noch vom später heiliggesprochenen Markgrafen *Leopold* in Klosterneuburg geschaffenen berühmten „Capella speciosa“. Teile dieser Kapelle wurden in der Laxenburger Franzensburg wieder aufgebaut. Von dort hat dann das Bundesdenkmalamt diese Steinkanzel im Jahre 1928 als eine Art Leihgabe der Wolfgang-Kirche übergeben. Eine andere Kostbarkeit ist das acht Meter hohe Gemälde „Himmelfahrt Mariä“, das der so gut wie vergessene Meister Johann *Spillenberger* Anno Domini 1627 gemalt hat. Es schmückte lange den Frauenchor von St. Stephan zu Wien und ist dann von dort in diese merkwürdige „Museums-Kirche“ am Wechsel gekommen.

Wir stehen bei unserem Besuch aber auch staunend vor dem Hochaltar und hören seine seltsame Geschichte. Vor mehr als zweihundert Jahren stiftete ihn der niederösterreichische Land-

Außerhalb des Ortes steht auf einem steilen Abhang die St.-Wolfgang-Kirche

marschall Konrad Baltasar Graf *Starhemberg* für die Rosalien-Kapelle in dem von ihm als größte „Zinsburg" im alten Wien erbauten Freihaus auf der Wieden. Nach der Profanierung dieser Kapelle wurde dieser Altar zerlegt und war dann jahrzehntelang in einem Depot der Wiener Hofburg aufbewahrt. Nach einem großen Brand, der, durch Blitzschlag hervorgerufen, 1918 die Kirchberger Wolfgang-Kirche heimsuchte, hat das damalige Innenministerium diesen Mariahilf-Altar der Wolfgang-Kirche geschenkt.

In Gesellschaft all dieser Kostbarkeiten hat der „Blaue Herrgott" alle Fährnisse, darunter auch die harten Zeiten der Besatzung nach dem Zweiten Weltkrieg und sogar den großen Brand von 1918 überstanden, so wie andere ihm widerfahrene „Schrecknus". Das Holzbildnis soll aus der spanischen Stadt Mamora stammen, nach deren Erstürmung durch die Mauren bei ihren letzten Kämpfen in Spanien die Statue weder durch Feuer noch durch Schwerthiebe vernichtet werden konnte. Auf Umwegen über Madrid und verschiedene Klöster soll dann der „Blaue Herrgott" seinen Weg nach Wien gefunden haben. Historisch genau läßt sich seine tatsächliche Herkunft nicht mehr ermitteln.

Unser Weg zu ihm war ein stilles Wandern durch den Adventtag mit all seinen Empfindungen. Wir gelangten zuerst auf schmaler Bergstraße, begrenzt durch leicht verschneites Gesträuch und winterlich stillgewordene Gärtchen traulich an die Lehne geschmiegter Häuser, zu einem kleinen Hof, wo der Schlüssel zur Kirche zu erfragen ist. Man gab ihn uns gern — er erwies sich als ein stattlicher „Schloßaufsperrer"! Handgeschmiedet, wuchtig und geradezu ein Abbild des Wahrzeichens, mit dem der Himmelspförtner St. Petrus das Tor aufschließt in das Reich der Verheißung, von dem uns das Kind zu Bethlehem kündet.

St. Wolfgang selbst heißt den Wanderer willkommen als in Stein gemeißelte Heiligengestalt über dem Nordportal der alten Gottesburg. Vor dem Heiligen kniet ein Ritter mit seinen Söhnen, den eine Inschrift vorstellt: „Artolf *Ofenpeck,* Anfenger des Gotthaws." Vom eigentlichen Baumeister hingegen kündet ein altes Spruchband über dem Tor: „Jörg von *Straubing* hat das gemacht 1421." Wechselvoll, dramatisch, aber auch freudvoll hört sich die Geschichte des Heiligtums über Kirchberg an, in dem uns der „Blaue Herrgott" gütig anblickte an diesem Adventsonntag in seiner Kirche. Als jahrhundertealtes Denkmal frommer Kunst in einem holzreichen Land, wie sie sich auch eindrucksvoll in der Kirchberger Krippe zeigte.

Der »Raxkönig«

Eine protestantische Gedenkstätte in Naßwald

Während draußen der Regen niederrauscht und graue Schwaden in den grünen Laubdämmer des trüben Sommertags treibt, wird auf der offenen Feuerstelle der Hütte der Sterz fertig, ganz so, wie man ihn einst hier machte, einfach, handfest und sättigend. Dazu gehört nach der Gepflogenheit eine „Pitschen" Milchkaffee, allenfalls zum Drüberstreuen, und als Grippeschutz noch ein hausgebrannter Obstler. Wie's seit langem Brauch ist unter den Holzknechten in den steilen Ausläuferlandschaften des Höllentales, in Naßwald, wo dem Gründer der Gemeinde, dem „Raxkönig", eine Gedenkstätte errichtet wurde.

Ein sonderbar in sich abgeschlossener Ort, fern zwischen die Gebirgsmassive eingesprengt. 250 Einwohner, von denen gut zwei Drittel evangelisch sind, sie bilden eine konfessionelle Insel mitten im Katholischen; Zuwanderung und Umbrüche haben daran kaum was geändert, die Minorität blieb kompakt wie zu Zeiten der Vorfahren, strenge Lutheraner, die vor fast 200 Jahren hierher in die Wildnis kamen, wo sie hinter der Hochquelle des „Kaiserbrunn" schier undurchdringlich schien.

Das war 1782. Das kaiserliche Hammerwerk in Hirschwang bei Reichenau brauchte dringend Holz, doch aus der Nähe war kaum mehr Vorrat zu beschaffen, es fehlte an Möglichkeiten, die Stämme heranzuschwemmen. Da melden sich zwei Holzknechte, die Brüder Johann und Georg *Hubmer*, sie stammen aus dem Salzkammergut, zuletzt haben sie in Eisenerz gearbeitet, immer dorthin ziehend, wo große Wälder auf die Axt warten. Holzknechte — das sagt sich so, in Wahrheit sind die beiden hochbefähigte Spezialisten ihres Faches, das sie unter tausenderlei Gefahren erlernten. Lesen und schreiben freilich können die Hubmer nicht, aber der gesunde Hausverstand gibt ihnen stets die richtige Entscheidung ein. Sie machen sich erbötig, tief drinnen im „Gebürg" das erforderliche Holz zu schlägern und auf dem Wasserweg heranzuschaffen, nachdem die „Klausen" und Wehranlagen für den Aufstau gebaut sind. Johann und Georg übernehmen selber das Risiko, wollen erst nach erbrachter Leistung bezahlt werden. Sie haben keine Ahnung, was Privatinitiative ist, aber sie praktizieren sie. Holen für das Werk Landsleute aus dem Westen, Gosauer, Goiserner, Hallstätter. Im Naßwaldtal werden sie alle ansässig, finden dort Arbeit und eine neue Heimat.

Georg Hubmer, der jüngere, aber energischere Bruder, wirkt als kaiserlicher Holz- und Schwemmeister und als Führer seiner Schar, die er wie eine kleine Kolonie leitet, wie eine Grenzersiedlung, urtümlich und karg. „Wenn die Frühlingswässer von den Bergen sprangen, war alljährlich das große Holzschwemmen durch das Höllental. Das waren Tage der Erlösung nach langer, harter Winterarbeit im Schnee und Eis des Hochgebirges", schreibt der bekannte Austriaca-Autor Ottokar *Janetschek* in seiner romanhaften Hubmer-Biographie. „Der Urwald im Naßtal war licht geworden. Auf schwindelnden Holzriesen und vereisten Schleifen waren die uralten Stämme zu Tal gesaust. 200 Jahre alte Fichten, hochragend und wetterhart, hatten ihre moosdurchflochtenen Häupter zu Boden gelegt, hatten sich der Kraft der Holzknechte ergeben. Jahrhunderte fuhren zu Tal. Jahrhunderte undurchdringlicher Wildnis empfingen das Licht der Sonne."

Schon Anno 1783 gelingt es Hubmer, 4000 Klafter Holz zu flößen, und er organisiert den Transport über weite Strecken: vom Naßbach durch die Schwarza in den Wiener Neustädter Kanal und bis zum Stapelplatz in Wien.

Man muß sich diesen Mann so ähnlich vorstellen wie die Schiffmeister der Donaugegend, als einen ganzen Kerl von eigenen Gnaden und auch durchaus eigenem Sinn, bei allem schuldigen Respekt vor der Obrigkeit im zugemessenen Bereich ganz nach persönlichem Gutdünken schaltend. Autokratisch, wenn man will. Immerhin ist der Ort Naßwald und alles, was in der Landschaft von menschlicher Tätigkeit zeugt, seine Schöpfung. Dieser Gosauer gleicht darin seinen Zeitgenossen jenseits des Atlantiks, den Pionieren und Bahnbrechern in den Hinterwäldlerregionen Amerikas.

Wer für Hubmer den Namen „Raxkönig" prägte, ist nicht bekannt, so was geht eben von Mund zu Mund, bildet sich zur Legende. Es heißt, sogar der Erzherzog *Johann* habe den Holzmeister besucht und sei stets als Vermittler aufgetreten, wenn Hub-

Naßwald am Fuße der Rax, einst eine Kolonie protestantischer Holzknechte

mers Selbstbehauptungswillen den mißtrauischen und wenig duldsamen Kaiser *Franz* erboste.

Die Naßwalder schließen einen Vertrag mit dem Grafen *Hoyos* und schlägern für ihn auf dem Raxplateau. Um die großen Holzmengen von der steirischen Seite nach Niederösterreich zu befördern, plant Georg Hubmer einen Tunnel am Preintaler Gscheid. Auch das sagt sich so, aber der Raxkönig ist ja kein Statiker, stellt Berechnungen bloß über den Daumen an. Dennoch läßt er an beiden Lehnen das Gestein anbohren, ganz primitiv. Von 1822 bis 1827 braucht er für den 400 Meter langen Durchstich, der wahrscheinlich überhaupt der erste Tunnelbau in Mitteleuropa ist! Gemessen an den verfügbaren Mitteln, eine enorme technische Leistung. Georg Hubmer hatte prophezeit, er werde es zustande bringen, daß die steirischen Quellwasser bergauf rinnen. Das hat er geschafft; in einem Schöpfwerk faßt er sie zu Schwemmfluten für den Stollen am Gscheid.

Noch etwas liegt dem Alternden am Herzen: „Es geht nit, daß wir unserm Herrgott nur so eine Hütten hinstellen, als ob er ein Zugeschloffener wär", sagt er. Und baut eine evangelische Kirche, setzt sogar durch, daß sie Rundbogenfenster kriegt, obwohl damals nichtkatholische Gotteshäuser keine äußeren Kennzeichen ihrer Bestimmung aufweisen durften. Als 27jähriger war Hubmer ins Naßtal gekommen, nun ist er ein hoher Siebziger, der Patriarch unter den Seinigen. Im Frühjahr 1833 packt der Raxkönig keine diesseitige Arbeit mehr an, sondern bestellt den Ortsfriedhof. Er selber ist der erste, den sie dort bestatten, und sein Name wird „unauslöschlich in diesem Tale".

„Die Zeiten sind besser, die Menschen im Tal weniger geworden", liest man in der neuen Gedenkstätte. Alte, eingesessene Holzknechte, Ruheständler, haben noch einmal ihre Fertigkeiten und ihre Zähigkeit erprobt und eine stilgerechte Blockhütte gebaut. Die beiden Räume sind als kleines Museum der regionalen Holzwirtschaft eingerichtet. Ein abseitiges Stück südliches Niederösterreich ist zu entdecken, bevölkert von einem nonkonformistischen Menschenschlag.

Kaiser, König, Edelmann...

Aus alten Kurlisten

Schon mittelalterliche Städte haben in ihren Chroniken vermerkt, wenn sie hohe — willkommene oder unwillkommene — Besucher in ihren Mauern aufgenommen hatten. In der Zeit der Romantik und des Biedermeiers entdeckte man auch Gottes freie Natur, begann zu schwärmen und zu wandern und die Berge der Alpen zu besteigen. Damals begannen auch die Gastwirte Gästebücher anzulegen, um den Namenszug berühmter Besucher festzuhalten. So trugen sich in das Gästebuch des Gasthofs „Zum Kaiserbrunnen" im Höllental im Jahre 1840 die Maler Friedrich Amerling, Josef Danhauser, Josef Führich, Friedrich Gauermann, Anton Petter, Karl Schindler und der Bildhauer Josef Klieber ein.

Die meisten berühmten Gäste weist wohl die Kurstadt Baden bei Wien aus. Im Jahre 1912 erschien ein inzwischen längst vergriffenes Buch „Berühmte Besucher Badens" von Paul Tausig, im verschnörkelten Jugendstil aufgemacht. Der Verfasser arbeitete 13 Jahre an dieser Zusammenstellung; mitunter recht großzügig, so etwa wenn er als Besucher der Stadt auch den Großwesir *Kara Mustapha* anführt, der 1683 Wien und Baden bei Wien belagerte, aber sich immerhin nach der Einnahme Badens hier vom 14. Juli bis 12. September einer Badekur unterzog. Als wohl ältesten Besucher preist Baden bei Wien den Minnesänger Ulrich von Lichtenstein, der wahrscheinlich im Jahre 1250 über Baden nach Wien geritten ist. Auch *Napoleon Bonaparte* wird genannt, der 1809 die Burg Rauhenstein bestieg. Natürlich haben auch die Habsburger oft Baden bei Wien aufgesucht. Es beginnt schon mit Eleonora von Portugal, der Gattin Kaiser Friedrichs III., die in den Jahren 1466 und 1467 die Badener Bäder gebrauchte. Gerade freundlich wurde sie in Baden nicht behandelt, denn die Chronik vermerkt, daß sie von Söldlingen des Burgherrn Puchheim auf Rauhenstein überfallen und ausgeraubt worden sei. Vielleicht erhielt deshalb Baden bei Wien erst im Jahre 1480 vom Kaiser Friedrich III. das Stadtrecht verliehen.

Kaiserin *Maria Theresia* gebrauchte die Bäder in Baden bei Wien und wohnte meist im Augustinerkloster. Kaiserin Elisabeth besuchte in Baden Erzherzog Rainer.

Kaiser *Franz II.* von Österreich besichtigte im Jahre 1793 die Badener Bäder und kam ab 1796 mit fünfmaliger Unterbrechung bis zum Jahre 1834 nach Baden. Er führte hier auch im Jahre 1826 Napoleons Sohn, den Herzog von Reichstadt, zur Firmung. Baden wurde praktisch die Sommerresidenz Franz II. Das zog viele Künstler und den Hochadel nach Baden. Ludwig van Beethoven verbrachte zwischen 1804 und 1825 15 Sommer in Baden bei Wien. Wolfgang Amadeus Mozart weilte im Jahre 1791 in Baden und komponierte hier sein „Ave verum".

Von den vielen Komponisten, die Baden aufsuchten oder längere Zeit in seinen Mauern weilten, seien noch genannt: Franz Schubert (1828), Christoph Willibald Gluck (1781), Johann Nepomuk Hummel (1805), Antonio Salieri (1805, 1818 und 1823) und der russische Komponist Michael Glinka (1833), Carl Maria von Weber besuchte im Jahre 1823 Beethoven in Baden, Felix Mendelssohn-Bartholdy spielte 1829 und 1830 in der Pfarrkirche Orgel, und Konradin Kreutzer gab im Jahre 1818 ein Konzert im Badener Theater. Unabsehbar sind die Vertreter der leichten Muse, die in Baden wirkten, wie Johann Strauß Vater und Sohn, Josef Lanner, Carl Zeller, Karl Millöcker, Franz Lehár, Karl Ziehrer, Leo Fall, Edmund Eysler und Oskar Straus.

Baden war auch ein beliebter Aufenthaltsort der Dichter. Franz Grillparzer wurde im Jahre 1865 Ehrenbürger von Baden. Friedrich von Schlegel (1822—1824), Eduard von Bauernfeld (1825—1854), Holger Drachmann (1885), Friedrich Hebbel (1846—1848, 1863), Josef von Eichendorff (1847), Karl Gutzkow (1845), Ferdinand Raimund (1819—1823), Peter Rosegger und Ferdinand Saar waren in Baden zu Gast. Der Schriftsteller Ludwig Anzengruber war unter dem Namen L. Gruber als Statist an der Badener Bühne beschäftigt. Max Reinhardt wurde 1873 und die Schauspielerin Katharina Schratt 1853 in Baden geboren. Die Badener Kurliste nennt auch noch den Zwergschauspieler „Admiral" Pouce Tom (1851) und Danilo, Erbprinz von Montenegro (1893 und 1897), der Franz Lehár zu seiner Operette „Die lustige Witwe" inspirierte.

Das Herzogbad in Baden bei Wien nach einem alten Stich aus dem 17. Jahrhundert

Einen ganz anderen gesellschaftlichen Charakter hatte von Anbeginn der Kurort Semmering. Bis zur Errichtung der Semmeringbahn, der ersten Bergbahn Europas, standen auf dem Semmering lediglich ein paar Bauerngehöfte. Um die Frequenz dieser Privatbahn zu erhöhen, baute die Donau-Save-Adria-Eisenbahn-Gesellschaft das exquisite „Südbahnhotel". Erst nachträglich entdeckte man das besondere Heilklima des Semmering.

Damit wurde der Semmering geradezu ein Symbol der Gründerzeit, und die Gäste kamen vor allem aus den Kreisen der Wirtschaft, wie Industrielle, Bankiers, Kaufleute, Prokuristen, aber auch etablierte Ärzte, Rechtsanwälte, höhere Beamte und Diplomaten.

In weit geringerem Maße als Baden bei Wien zog der Semmering bildende Künstler an, doch fehlte es keineswegs an Schauspielern, Komponisten, Journalisten und Publizisten. Leider sind im Zuge der letzten Kriegs- und Nachkriegsereignisse viele archivarische Unterlagen verlorengegangen, doch sind immerhin die Kurlisten der zwanziger Jahre erhalten geblieben. Auf dem Semmering erschien an jedem Samstag der acht bis zwölf Seiten starke „Semmering-Courier" mit „Fremdenliste". Die Gästestruktur war international, doch überwogen dabei die Gäste aus Budapest, Prag, Triest, Belgrad und Warschau. Der Glanz der alten Monarchie war gesellschaftlich noch nicht erloschen.

Im Jahre 1923 verzeichnete der Semmering 9529 „Parteien“ (Gäste) aus Wien, 3181 aus anderen Orten Österreichs, 3143 aus Budapest, 1667 aus der Tschechoslowakei, 1100 aus Griechenland und 988 aus Deutschland.

Im Jahre 1924 logierten auf dem Semmering der Schriftsteller Alfred Polgar, der Direktor der Wiener Staatsoper, Dr. Richard Strauß, die Komponisten Eugen d'Albert und Leo Ascher, die „Komponistenwitwe“ Adele Strauß und die Schauspieler Franz Höbling, Leopoldine Konstantin und Adrienne Gessner.

Eine der ältesten und renommiertesten Sommerfrischen Niederösterreichs ist Gars am Kamp. Franz von Suppé ließ sich hier im Jahre 1875 ein Haus bauen, in dem er unter anderem seine Operette „Boccaccio“ komponierte. Gars besitzt uralte Kurlisten. Im Jahre 1912 wurden 77.200 „Nächtigungen oder Logiertage“ verzeichnet. Am Samstag traf mit dem Abendzug, dem sogenannten „Busserlzug“, der berufstätige Vater und Gatte ein, um das Wochenende bei seiner Familie zu verbringen.

Orts- und Namensregister